U0947377

你要高雅

郭德纲 著

果麦文化 出品

目录

听戏

大伙儿都有这体会：不管是过去还是现在，你上课随便说话，很容易也把同学们都带动起来。尤其是老师不在的时候，教室里就算放了鹰了。有两句经常用来形容这种情况的话，一句叫“把房盖儿挑去了”，一句叫“到了菜市场”或者“茶馆儿酒肆儿了”。头一句是形容学生一闹声音太大；第二句是说秩序太乱，跟茶馆儿一样热闹。

其实跟您说，过去茶馆儿不都那么闹腾。话剧《茶馆》里面那个裕泰茶馆是属于热闹的，另外还有一种书茶馆，就秩序井然了。一说这个，我就来精神了，别的我得现找材料去，这个我就可以随便说了——没办法，家里有这买卖儿。

过去茶馆也好，书馆也罢，你要是听先生说书，一定注意，别起太早。过去说书先生没有一大早就去的，除非是天桥的“地下买卖”。一般都是下午或者晚上，下午那场是正式演出。当然也有比这早的，叫“说板凳头儿”，行话叫“早儿”。您比如说，先生下午两点钟开书，在中午十二点到两点之间，就叫“板凳头儿”，一般都是不挣钱的演员，或者没有知名度的演员，借人家这地儿，上那儿演去。也有晚上演的，那个叫“灯碗儿”。顾名思义，过去电灯不普及，太晚了就点油灯碗儿。那也没有说到后半夜的，最晚十一点也就散了。

现在演员到了书场之后，都是在后台备场，到了演出时间才出来。在过去，先生来了之后把东西往后台一放，不等到点儿就登台了，在场面桌后边坐着，一边抽着烟一边喝着水，一边跟台下的观众聊天儿，这时候观众可以跟先生随便聊。等到演出时间一到，先生立马把烟袋一磕，一拍醒木，就开始正式演出。醒木一拍，您就不能再说话了，得支棱起耳朵，听先生在那儿跟你谈古论今。

另外还有一种书场子，比较特殊。一般的书场您买一张票就进去了，仨钟头也是他，俩钟头也是他。我说的这种特殊的书场它是计时收费的。你几点钟进去的，人家票务那边给你一张条，记个时间，出来以后算时间给钱，这就有点儿像现在上班打卡似的。这种给钱方式有个好处，就是你可以根据你自己的时间安排和个人喜好，来决定你要听多长时间。

比如说吧，五点开场，你来不了，六点来的，人家就少记你一个小时，这样你就可以少花点儿钱。还有就是有的时候这一场演出里面有四个先生前后登台，你只想听第二个和第四个，那么你就可以在第二位先生登台的时候再来，打个卡你进去，然后第三位登台的时候你再出来，吃点东西喝点水，找人聊聊天儿，一直等到第四位先生登台你再打卡进去听，回头结账你就只需要交两场的钱就可以了。

这样一来不光是方便观众，也能刺激到演员这边。谁说的时候里面人多，谁上台的时候里面人少，一目了然。到时候剧场给这几位先生开工资的时候，就可以拿这个当绩效考核来使用。听谁的观众多，谁就自然可以多拿一点儿。

除了书场之外，还有一个地方咱们不能不提，就是老年间的戏园子。现在戏园子很少了，一般都是多功能的剧院，什么话剧、电影、综艺晚会，有时候我们说相声的也愿意上那个地方掺和去，总之它不是专门给戏曲量身打造的舞台。观众听戏也跟看别的一样，都是买票入场，对号入座，然后等着鼓掌叫好就行了。

过去戏园子可不是，那热闹极了。您听老相声《关公战秦琼》，也叫《秦琼战关公》，也叫《汉唐会》《汉唐斗》《汉唐争》，一段相声恨不得八个名字，它里头就模仿了很多戏园子里边的各种情况。

首先，你可以随便吃东西，这个现在的大剧场里面可不允许，尤其不能吃带皮儿的，回头弄一地，那就不合适了。有人说了，我吃的带皮儿的弄不了一地，我带的是包子。我劝您也别在剧场里吃，回头您半斤韭菜、半斤茴香，那这屋里一会儿旁边的人就得投诉。所以说剧场里最好别吃东西。

过去戏园子没事儿，吃什么都行。头桌吃榴莲，二桌臭豆腐，后排螺蛳粉，雅间里面弄上六盒鲱鱼罐头——剧场方面倒是不管，关键演员出不来了，就这股味儿，一会儿把眼睛都呛坏了。反正您就记着，戏园子听戏，您可以吃东西。

过去戏园子里还有一项服务很流行，就是“手巾把儿”。那时候没空调，排风设施也差点儿事，夏天观众在里面待着容易出汗，所以剧场有一项服务，就是毛巾拿开水烫了，再洒上花露水，叠成手巾把儿，专门供客人擦汗。你要是想要，可以跟服务人员伸手示意，服务员拿着手巾把儿可不给你递过去，而是隔着老远给你“飞”过去。你只需要看好了手巾把儿的运动轨迹，伸手一接就行了。有的时候观众起哄，你也要，我也要，结果弄得满场天女散花。不过有一点您放心，谁也打不着谁，他那也是功夫，扔给你的准到你的手里，绝对扔不错。需要跟您说的是，手巾把儿您随时可以要，即便台上演着戏也没关系。

哪怕扔到台上，也没关系。因为过去啊，台上"闲人"也站好多。现在舞台是净化了，换个景、换个道具还得拉上幕，不让观众看见工作人员。那会儿没有，台上随便！有时候来了有身份的观众，台下坐着不合适，就在台上坐着！跟演员隔开三五步，搬把椅子就在那儿看。所以说，那时候台上除了穿戏装的演员之外，再有二三十个穿便装的观众，很正常！你别说往台上扔手巾把儿，扔爆米花都得，不叫事儿。

另外，在戏园子里叫好也是一门学问。过去听戏真有观众因为叫好叫得引人关注的。戏园子里面叫好不是瞎叫的，你得找准了演员表演的节骨眼上。找好了，叫的这个好不但不会阻挡人家表演的节目效果，反而能活跃现场气氛，演员也得夸你懂戏。

但这种情况太少了。你想啊，演员里边儿还有不少外行呢，因为那时候不是每个演员都是标准演员。从小学这个的都外行，更何况是看戏的呢？所以说，外行说外行话、干外行事儿，很正常。

演员有时候呢，就怕观众跟着你一块儿拍板。观众兴之所至，跟着台上一块儿拍，但您不知道，拍板这东西复杂大了！不少演员从小学唱戏，到八十岁了，还不知道怎么拍呢，你说底下坐那仨厨子、俩裁缝外加一个卖眼药的，跟着拍，哪能拍得对？其实是给演员添乱。

这就要求演员必须要有“心板”。什么叫心板？就是强大的纠错能力，甭管底下怎么瞎拍，我自个儿心里这个板不能乱。这个挺难。当然了，天底下哪有观众的不是？人花钱来了，怎么开心怎么好，所以对演员来说也是很正常的事情。

除了叫好以外，还有一种对演员的反馈，叫打赏。这也是过去戏园子里面经常遇见的，就是说看戏入场除了您买的票以外，您可以额外给演员一点小费。现在您进茶馆听相声，还有这种形式，叫送花篮，就是您觉得哪位相声演员说得好，想额外对他有所鼓励，就购买剧场方面给您准备的花篮，送给他。

其实花篮只是个形式，买多了，人家也没那么多准备。剧场规定好一个花篮的价钱，买多少随您的心气儿，到最后您买花篮的钱是要分到您送的演员手里的。当然了，场地方面也会留一部分，而且您交完钱，说清楚了送给谁之后还要留下您的名字。演员演出完了之后，报幕员还要把您的名字和您送的多少都公布出来，然后演员为了答谢，一般还要返场加演一点儿。

我说的这个，只是通常的一种形式，在不同的地方，规则多多少少会有一点儿改变。现在可能也只有相声园子、书场，还有东北一些二人转演出的地方，还有这儿种类似的规矩。可能其他的艺术门类现在也有，但是确实已经很少见了。过去这种打赏的形式非常多，您比如刚才咱们说的戏园子。

戏园子里打赏演员很简单，就是往台上直接扔钱。过去，一直到 1949 年以后了，别看已经有钞票了，现大洋还一直流通，而且现大洋比钞票也好扔，真有演员演完了拿麻袋装现大洋的。谦儿哥一场演出完了之后马上就把马场盖起来了，因为台底下净往台上扔板儿砖。

没有现大洋怎么办？值钱的东西都可以。珍珠、玛瑙，翡翠、猫眼儿的首饰，金镯子、银锭子这都行。其实打赏也是一种对演员的鞭策，跟现在粉丝熬夜刷微博差不太多。刷微博、刷头条是粉丝为了支持，为了捧自己喜欢的明星，那么过去没有网络怎么捧角儿呢？一般的方法就是包场。

包场现在也有。经常有电影界的朋友这么干。就是把某一部电影的一场或多场给买下来请大伙儿看。过去相声、大鼓、京剧，诸如此类吧，都有包场。先在报纸、电台登广告。提前半个月就登，广告词写得也得好，举个例子：“我国著名音乐人、畜牧业大亨、京城名角儿、喝酒专家、烫头儿专业户于谦老师，决定于某年某月某日在北京东三环胡同口儿，表演摇滚艺术，现演三天，恭候大驾。”然后我把票都买了，再派人送出去。到了演出那天，我还得请个婚庆，把胡同口那块儿装扮得非常隆重，然后我搬把椅子坐头一排，带头叫好。我说的这个有开玩笑的地方，但是形式差不多是这样。

这是我作为一名粉丝的做法。那么我如果是于老师的同行呢？如果我自己是有一定号召力的演员，那么我就会去助演。如果我没有号召力，我就得托关系找一些名望大的演员给于老师助场。当然，除此之外还有其他的办法，总之就是捧呗，咱们就不一一列举了。

棋牌

有道是“仓廪实则知礼节，衣食足则知荣辱”，这句话出自《管子·牧民》，用朴素的描述说明了“经济基础决定上层建筑”这个道理。您只有衣食无忧，才会有精神追求。物质生活没问题了，人们就总会想玩儿点什么，古今中外皆是一理。

现在咱们玩儿的东西多，光游戏就有很多种。我呢，不擅长玩儿，但是干我们这行的有时候得研究，“说相声的肚是杂货铺”嘛。您看我们有个传统相声叫《打牌论》，我从来不打牌，但是我得知道打牌是怎么回事儿。打麻将呢，我也能坐那儿跟人玩一玩，也知道哪个对哪个，但是多精明，谈不上，就落了个知道怎么回事儿，但自身没兴趣。

咱今天聊一聊能玩儿的游戏。我归纳了一下，大约有那么五种。

第一种属于运动型的。踢球，跳舞，掰个手腕，活动活动身体，出点汗回家一洗澡，挺开心，又舒服。

第二种是电子游戏。《超级玛丽》《坦克大战》，反正您让我说，我就知道这几种，最熟悉《超级玛丽》，玩得还不好。反正就是这一类。

第三种是比较综合的，简单的像“你画我猜”“传声筒”，靠的是脑力和肢体的协调。还有一些复杂的需要规定情境，什么悬疑啊，角色扮演啊，动手的动脑的元素都包含在里面，像“密室逃脱”就算这种。

第四，就是酒桌上玩儿的，什么“成语接龙”“动物园有什么”“海盗船长”，一说您就知道。

第五种可以说是时下最流行的，叫桌游。什么《三国杀》《狼人杀》《剧本杀》，这个“杀”那个“杀”，还有《大富翁》，不说家喻户晓，起码玩过的人不在少数。当然还有一个影响最大的中国传统桌游——麻将，玩这个的就更多了。

其实在中国古代，除了麻将以外，还有好多桌游的影响也很大，咱们挑几个经典的说。

《聊斋志异》，我说评书说相声都没少提，我挺喜欢。

里面有一篇叫《梅女》，故事里面的女主人公就叫梅女，身世十分凄惨，出场就是以一个吊死鬼的身份出现的。别看都变成鬼了，还得不到解脱，后来在一个书生的帮助下才脱离苦海，有时间您可以看看这篇故事，写得很精彩。里面提到梅女会的才艺很多，其中有两个重点介绍了。一个是“交线之戏”。什么叫交线之戏呢？就是我们小时候玩的翻绳儿。给这个梅女一根绳，两分钟给你翻出四个火影忍者——就这么厉害。还有一个，就是这姑娘会玩一种桌游叫“打马双陆”。

“打马双陆”就是双陆棋。因为双陆棋的棋子叫“马”，所以下双陆棋又叫“打马”。双陆棋的历史很长了，最早起源于中东，有人说是埃及，有人说是巴勒斯坦，但总之都是中东那一块儿。在中国的起源也有两种说法。宋朝人高承编写的《事物纪原》记载：“陈思王曹子建制双陆。”说这双陆是曹操的儿子曹植发明的。但是潘自牧《记纂渊海》记载，“双陆乃出天竺”。他说双陆棋是从古代印度传进来的。不管哪种说法吧，反正中国人玩双陆是从魏晋时期开始的。

双陆棋长什么样啊？先说外国的。国际上流传下来的双陆棋现在有统一的制式，黑白各十五个子儿，俩骰子。棋盘也是黑白两色，分成两个部分，上面画上两种颜色的三角形，每部分各十二个，一共是二十四个三角形。下的时候，先打骰子比点儿，点数大的先走，玩法既简单又复杂。说它简单，是因为胜负规则简单，就是撒骰子看点儿，是几点就走几步，谁先把自己的棋子都挪出棋盘去就算赢。说它复杂，是因为这其中的走法变化多端，像围棋，像跳棋，又像飞行棋。走的过程中也可以给对方的棋子设置障碍，不让对方走。总之是千变万化，奥妙无穷。

中国的双陆玩法跟这个差得不太多。唐朝人有一本叫《宣室志》的书，里面记载了一个故事。说是有个秀才做梦，梦见十五个老道跟十五个和尚在那儿排兵布阵，这位也是，第二天醒来就顺着梦里的记忆找，结果还真找出一副双陆棋来。故事真假且不论，显然他这副双陆棋也是三十个子儿。而且根据考古挖掘，有实物证明。1974 年辽宁就出土过一副辽代的双陆棋，那副就是三十个子儿，印证了史书的记载，也说明双陆棋是一种各民族都喜欢的游戏。

说到这儿，我再补充一个双陆棋的规则。就是双陆棋比赛有时候也是要靠点数算胜负的，跟拳击一样，一上来双方都有固定点数，看情况往下减。不一样的是，拳击点数多的算赢，双陆点数少的算赢。为什么要补充这个？就是接下来咱们要讲的故事跟这个规则有关系。

《资治通鉴》里有一段记载，说唐中宗李显“使韦后与三思双陆，而自居旁为之点筹”。意思是说，李显跟自己媳妇韦后，还有武则天的侄子武三思，仨人关系不错。好到什么程度呢？武三思没事进宫里串门儿，皇上让他跟自己媳妇下双陆棋，然后自己在旁边给这俩人算点数，看着就这么其乐融融。这还没什么，后面还有一段记载“三思遂与后通，由是武氏之势复振”。意思就是因为武三思跟韦后俩人关系不错，所以武家的势力在武则天死后又恢复了。在这儿咱们要说一嘴，这段记载里面那个“三思遂与后通”的“通”字，很多人直接理解为“有染”，所以都说李显引狼入室，下盘棋把自己绿了。咱们说，这倒未必，因为这个“通”有好几种解释。韦后和武三思俩人有利益上的合作是肯定的了，但是其他方面有没有互动就未必了。

说完了双陆，咱们再说另一种桌游，叫升官图。光提这三个字，您可能觉着像相声名儿。这样，咱们换三个字——“大富翁”，这回您明白了吧？没错，升官图应该是中国最早的“大富翁”。据明朝人朱国祯写的《涌幢小品·选官图》中记载：“今之选官图，唐人谓之骰子选格。”里面说的“选官图”就是升官图。根据这一记载可以判断，这个游戏至少在唐朝的时候就玩开了。

那么这款“大富翁”怎么玩儿呢？玩法很简单，没有《大富翁》里面那些什么地产证啊，钱啊，股票啊，没那些乱七八糟的东西。就一张图纸和三粒骰子。图纸上画满了中国古代大大小小的官职，一般是从“白丁”开始。白丁都知道吧？刘禹锡的《陋室铭》里面，“谈笑有鸿儒，往来无白丁”，白丁就是没官没品，可能连秀才都不是，《三国演义》里管这个叫“白身”。这是最初始的一格。顺着这一格从外面一格一格、一圈一圈往里走，走到最中间的位置，就是图里面最大的官职，一般就是“三公”之位——太师、太保、太傅。谁先走到这儿了，谁就算赢。

众所周知，《大富翁》里面走几格、谁先走，都是靠掷骰子决定，升官图也一样。但是升官图里的骰子是特制的，投出来的数字，分别对应“德”“才”“功”“赃”四档，代表做官时候的四种表现。如果是“德”“才”“功”，您就往前走；如果是“赃”，您就得往后走。所以说这里面还有一点教育意义，告诫人们做官不能贪赃枉法。

升官图历经演变，每朝每代也都不一样。清朝的时候，它的普及度达到了顶峰，家家户户每到过年过节的时候，必玩升官图。据《海云堂随记》记载：“年除日、正月十五、三月十五……口上商民玩叶戏、扑老鸡、掷升官图、打满地锦者，在在皆是。”一直到民国，人们还玩这个游戏，而且那时候图纸上的内容据说是最丰富的，初始状态是小学生，最后一直走到大总统。后来有人还说，九十年代有一款电脑游戏叫《虚拟人生》，就是根据这个做的。

有朋友问了，既然民国人们还在玩儿，现在怎么不玩儿了？很简单，就是这个游戏虽然对人们有一定的教化作用，但它还是潜移默化的有一些“做人就图个升官发财”的心理暗示。它不像《大富翁》，《大富翁》有一定的经营模式在里面，多好的局面，也许也会因为自己一时大意而变得身无分文；多差的局面，也能因为自己努力而力挽狂澜。而升官图纯是靠运气。新文化运动以后，人们对这种宿命论的东西就开始摒弃了。后来随着社会的发展，新的游戏不断地传入、产生，这种老游戏也就被淡忘了。不过据说港澳台一些地方还在玩儿，有机会您可以去看看。

最后咱们再说一种桌游，现在还有人在玩儿。不过年轻人玩儿的少，都是上岁数的老太太玩儿的多，尤其是在我们天津，很有影响力。常听相声您就知道，有一段经典节目叫《打牌论》，我们的前辈名家郭荣启先生说得好，当中提到了一个天津老太太玩儿的游戏叫“卫什胡”。

卫什胡，有的地方也叫“长牌”“逗根儿”，天津管玩这种牌叫“斗牌”。为什么说它是一种童年记忆呢？小的时候，父母上班儿，家里老人帮着带孩子。过去老人带孩子不像现在，去什么游乐场，家里也没那么多孩子可以玩儿的玩具。大一点儿的孩子就都放羊了，小点儿的就带在身边。可老太太们自己也得消遣娱乐啊，带着孩子就到牌场上了。很多孩子都是在奶奶、姥姥的牌场上长大的。我有印象，小的时候在我姥姥家，一帮老太太在那儿跟我姥姥玩纸牌，嘴里都不闲着。

咱们再说这卫什胡。现在的卫什胡一共是一百三十二张牌，早年是纸质的，现在好像是塑料的了。长大概有十公分，宽有三公分左右，印着各式各样的图案，也分万、饼、条子，跟麻将的玩法一样。麻将的前身叶子牌、马吊牌，也是长牌的原型，所以它们的一些元素被继承了下来。比如《绥寇纪略》记载，“万历末年，民间好叶子戏，图赵宋时山东群盗姓名于牌而斗之”。里面提到的赵宋时期的山东群寇，就是《水浒》的一百单八将，现在的长牌上面也有这类元素。除此之外，上面还有《白蛇传》的元素，比如白蛇、青蛇、和尚这三个形象也各有四张牌。

类似这种制式的长牌游戏，其他的地方也有。比如说四川长牌，这个牌的玩法又不一样了。但是总之，这种纸牌类的桌游，全中国各个地方比比皆是，一方面它体现了劳动人民的智慧，另一方面也体现了咱们中国人懂得享受生活的一种精气神儿。

货币

光棍儿节一过完，有的朋友运气好，找到对的人了，手拉手准备走进婚姻的围城。谈婚论嫁，中国人那是很讲究。古人有“三书六礼”之说，聘礼从聘雁、聘金，到海味、猪羊，反正天上飞的、地上跑的、水里游的、草窠里蹦的，无所不包。

现如今，人们结婚的程序没有以前那么繁琐了，但是依然少不了讲究。说起结婚的讲究，最有代表性的就是结婚“三大件儿”。过去在结婚之前，都兴置办这个三大件儿。七十年代是手表、缝纫机、自行车，再加一个收音机，组成“三转一响”；八十年代，那得买冰箱、电视、洗衣机；现如今呢，就是房子、车子、票子。

虽然时代不同，三大件儿的内涵有很大的变化，但归根结底，三大件儿是咱们老百姓物质生活水平的一个缩影。21世纪三大件儿里，有一样，在外形上并不大，就是票子。票子，就是钱呐，说大不大，但它是关乎咱老百姓衣食住行的要紧事。今天就跟大伙儿从“钱”谈起，聊聊古代货币的这点事儿。

不知道您各位听过没听过，这事儿比较久远了，2005年，一美国小伙子拿曲别针换来了一套别墅。当然了，不是一下子就换到的，谁也不傻，为了个别针把房子给他。这小伙子靠着一根曲别针，一次次地进行交换，最后如愿以偿换到了别墅。这事儿大家如今看着新鲜，但是在原始社会它不就是以物换物吗。在“钱”这个概念没有产生以前，先民们就是靠着物物交换来满足需求的。

《易经·系辞下》中就有记载：“日中为市，致天下之民，聚天下之货，交易而退，各得其所。”就是说大家伙儿聚到一块，像赶集一样，在集市上交易，各自换到满意的商品。尽管以物易物形成了一定的规模，甚至已经有了较为固定的时间和场所，但是人的后天努力可没办法弥补它天然的不足。我看上你们家白菜了，你瞧见我们家萝卜了，那咱俩换呗，简单直接，皆大欢喜。但实际上，这种刚刚好的“缘分”不多呀，以物易物，往往得经过多次交换。

比方说有个人，就叫张三吧，张三想拿布换点儿粮食，他得先拿布换了李四家的罐子，再拿罐儿找王五去，换他们家斧子，最后换来赵六想要的兽皮，才能换走他手里的粮食。你说这一圈换下来多麻烦。再加上物质生活越来越丰富，人的需求也膨胀了，以物易物效率低啊，跟不上，怎么办呢？古人就开始拿贝壳当一般等价物，以此进行交换，就产生了咱们国家最早的货币——贝币。货币也就从这里开始，走进了千家万户。

又过了许多春秋，人们从使用天然的贝币，到后来主动地用金属铸造钱币。一说古代的金属铸币，您脑子里第一个蹦出来的就是那圆的、中间有一方眼的铜钱。从秦统一六国到清末民初，古人的金属铸币虽然经历了很多变化，但圆形方孔的基本形制一直保留了下来，从最早的“秦半两”到民国的“民国通宝”，沿用了两千多年，真可谓超长待机。

在这漫长的使用过程中，人们给铜钱取了很多的外号。比如黄庭坚遭贬后就说：“管城子无食肉相，孔方兄有绝交书。”说我贬官之后，只有笔墨相随，无庸俗相，有些人也不愿搭理我了，钱更是跟我绝交了。——跟啥绝交，也不能跟钱绝交啊！

这个“孔方兄”就是钱的一种代称，据说出自西晋文学家鲁褒的《钱神论》。“拜金”从来不是什么新鲜事儿，西晋人的“财迷”程度，一点都不输给今天某些一切向“钱”看的人。比如“竹林七贤”里边争议最大的王戎，他家里的钱多得数都数不过来，天天没日没夜跟那儿数，还觉得钱不够。而且这人吧，贪财也就罢了，还特别抠门儿。自己的闺女出嫁，借了他数万钱做嫁妆——您听了，闺女出嫁不是“给”，是“借”——女儿回门儿，爸爸甩脸子，没有好脸色，话里话外可难听了。知父莫若女啊，闺女知道这钱是爸爸的一大心病，就把这嫁妆钱还给他了，她爸爸是乐得不行，重展笑颜啊。

还有的人呢，走另一个极端，有钱了爱炫富，比如石崇与王恺那场著名的斗富。见石崇家拿蜡烛当柴烧，王恺就赶紧在家门口的大路两边铺上四十里的紫丝屏障。石崇一琢磨，我这么有钱，哪能输给他呀？找！拿比紫丝还贵重的彩缎，铺了五十里的屏障。王恺一瞧，就找他外甥，他外甥是皇上晋武帝，说：“您有什么好显摆的吗？”晋武帝就给他一个两尺多高的珊瑚：“你拿这走，这个，他没有！”到这儿一比画，石崇一看：“珊瑚？”顺手抄起手边的铁如意来，把珊瑚给砸碎了。王恺很生气：“这哪儿行啊？”石崇说："不要紧的，还你！"就让家里人搬点儿来，随他挑。搬过来王恺一看，好家伙，三四尺高的珊瑚有六七株，王恺砸的那个才两尺高啊。王恺认输了。——没法儿不认输，比不过人家！

在那个奢侈成风、争豪斗富的时代，人人追钱逐利也就不足为怪了。针对这种社会现状，鲁褒站了出来，写下愤世嫉俗的《钱神论》，讥讽"唯钱是求"的世风，很感慨："今之成人者何必然？唯孔方而已。"古人的劝诫，今天听来其实依然受用。说到底，"孔方"也罢，人民币也罢，再好，也是生不带来死不带去的身外之物，合理使用，千万不要迷失了本心。

除了"孔方兄"，钱还有许多其他的代称，其中一个还是个人名。《金瓶梅》第三十回里边有句诗："富贵必因奸巧得，功名全仗邓通成。"意思是说，富贵必定是靠奸诈巧取，功名全仰仗钱来达成。

这个邓通，是谁呢？怎么又成为钱的代名词呢？据《史记·佞幸列传》记载，这邓通，原是个江上运载客货的船夫，跟钱没什么关系，直到遇到了"贵人"汉文帝刘恒。有一天，汉文帝做了个梦，梦见自己想上天玩会儿去，却怎么也上不去。突然间，看到人了，一个船夫，这船夫就从后面推他上去。文帝注意到这个人的腰带，反别在身后，于是醒来就找这个反别腰带的船夫。找来找去，就把这邓通找来了，一瞧，腰带反别着的，一问名儿，“邓通”。嗬，这名字好听啊，谐音登天通达的“登通”，就认定他是梦里那个人，又让他做官，又赏他十数万钱。

有一次文帝找一算卦的，让人给邓通相面，结果相面的人说：“这人命不好，最后可能穷困以致饿死。”文帝心说：“这不能，我的宠臣，能让他饿死，能让他缺钱吗？”于是就把四川严道铜山赐给了邓通，破例让他自行铸钱。作为皇帝的宠臣，邓通一时风光无两，但他这人没有因此变得骄横跋扈，反而十分感念文帝的恩德。他带着家人和工匠在铜山一带铸钱，从不在铸钱时掺杂铅、铁，从中牟利。有的书上说，邓通铸造的钱“文字肉好，皆与天子钱同”，不论王公贵族还是贩夫走卒，没人不喜欢邓通的钱，后来人就把“邓通”作为钱的代称。邓通一朝得宠，平步青云，却没有因为帝王的宠爱而迷失在金钱的旋涡里边，坚守本心，所以后来被百姓们奉为财神。

文帝让邓通铸钱的时候，把他家乡附近的铜山都赐给他了，让他采矿、冶炼、铸币一条龙。邓通铸钱是守着矿山，自然不愁原材料不足的问题，但这不意味着别人铸币不用犯愁。在铜矿开采和冶炼都不发达的古代，要是缺少原材料怎么办？有人就开始在佛像上面打主意了——听着忒不靠谱儿。

五代时期占据中原的后汉帝王，下诏修佛寺、广度僧尼。有那么一部分人，为了躲避徭役和赋税就出家了，这就流失了很多年轻的劳动力，再加上寺庙铸造佛像要消耗大量铜材，导致市面上钱币奇缺。后周世宗柴荣，一看市面上缺钱，就进行了一番改革，其中一个方法就是毁佛像。

这个举动，引来很多朝臣和佛教徒的强烈反对。柴荣搬出了佛祖舍身饲虎的典故："我知道佛祖以自己的身体为轻，以救世济人为急。倘若佛祖真身尚在，为了救世济人，一定会以身饲虎，毫不犹豫地奉献自己的一切，难道还会为了这些铜像感到可惜吗？"于是诏令强制执行，拆毁寺庙三千三百三十六所，毁佛铸钱，铜钱从寺院流向了市场。

前面说到的铜钱，虽是流通最广、使用时间最长的钱币，但它本身也存在着很多缺点。首先就是重，小摊小贩还行，你要真说我的目标是先挣他八个亿，那交易起来太不方便了。其次呢，随着经济的发展，商品流通需要的货币越来越多，但是拿古代的铜矿开采和冶炼技术来说，铜钱的制作原料远远不够，这就导致市面上的铜钱不够用。古人很聪明，发明了世界上最早的纸币——交子。交子虽产生于宋朝，但用得最多的不是宋朝，而是元朝。

早先在游牧为生的蒙古人心中，是没有钱币的概念的。买东西就拿牛羊换，要不咱们就拿兽皮、金银、宝石交易。当窝阔台率大军攻克金朝都城，发现，欸？这皇城里也没什么宝贝啊，城里散的净是些纸片。逮着一个金朝的官吏一问才知道，纸片就是他们的钱——金朝的交钞。窝阔台这才发现，这好啊，能换牛买马还能置地买房，这可是好东西啊！于是，赶紧学着纸片的样儿，把蒙古交钞也安排上了。

后来忽必烈建立元朝，以窝阔台的蒙古交钞为样本发行了“中统元宝交钞”和“至元通行宝钞”，确立了元朝以纸币为主的货币体系，甚至为了维护纸币的法定地位，还禁止金、银、铜等重金属的流通。当时有个老外，大家都熟悉，叫马可·波罗，在游记中回忆他见到的元朝纸币：“纸币流通于大汗所属领域的各个地方，没有人敢冒生命危险拒绝支付使用……用这些纸币，可以买任何东西。”

然而就是这小小的钞票，把元朝推向繁荣，也将帝国拉入了火坑。元朝末年，有一首《醉太平》的小令，道是：“堂堂大元，奸佞专权。开河变钞祸根源，惹红巾万千。”说这元朝的覆灭就俩导火索，一是开黄河新河道，二是大量发行纸钞。虽说一个王朝的倾覆有很多的因素，但你要承认，大量发行纸钞的确为元朝的灭亡添了一把火。

元末奸佞专权，整个朝廷让贪腐之气给熏烂了，加上各地天灾人祸不断，加速了国库的亏空，为了转嫁财政危机，朝廷就把主意打到了钞票身上。那印钱印得毫无节制，很快就通货膨胀了，早先能兑一两多金子的五百贯交钞，最后连一斗小米都买不到。成于马背败于钱，泱泱帝国栽在了小小的钞票上。一旦违背经济规律，滥发纸币，使得货币信用瓦解崩盘，王朝失信于民，可见货币对国家兴亡的重要性。

其实说起古代货币，肯定有不少人最先想到的是影视剧里边儿，侠客拿一锭银子往桌上一拍，告诉小二："不用找了！"小二乐坏了。这么大方的"土豪"行径，其实不是古人生活的常态。

先不说咱平头百姓一年拢共也赚不了几两银子，就光看一两银子的购买力，你也知道正常人舍不得这么扔啊。历朝历代银两的计量单位不尽相同，物价也是起起伏伏，但咱们大概举个例子，你看明朝万历时期，顺天府宛平县知县沈榜，在任期间写的《宛署杂记》中就说了，猪肉每斤白银0.02两，牛羊肉每斤0.015两，当时的一斤差不多是六百克。也就是说以当时的物价，一两银子，按如今的市斤来说，能买六十斤猪肉，或者八十斤牛羊肉。好家伙，你要像电视剧那还了得？店小二还不得乐死？来一壶酒来俩拍黄瓜，扔下几千块钱说甭找了，搁谁身上也乐啊，尤其今天猪肉这么贵！

那古人到底用不用银子交易呢？打个比方，今天上街置办生活必需品，这铜钱虽常见，但购买力实在太弱，背个几千枚累死了，这时候还是得用银子交易。但是整锭银子的购买力远远高于我要买的鸡鸭鱼肉、笔墨纸砚，这时候怎么办？《红楼梦》中就有这么一段：

> 麝月听了，便放下戥子，拣了一块掂了一掂，笑道："这一块只怕是一两了……"那婆子站在外头台矶上，笑道："那是五两的锭子夹了半边，这一块至少还有二两呢！……"

戥子，就是一个称银子的工具。夹剪，就是剪银锭的剪子。古人也算是见招拆招，多了呢，就拿剪子、锤子给你整成一小块一小块的，也就是碎银子，再拿戥子一称就行了。

"身轻量万物，无脚走天下。"小小货币，牵动着百姓生计、国家兴亡。如今，现代科技更方便啦，一扫就支付了，连纸币都不用揣了，花钱真是越来越方便了。唯一不方便的，就是赚钱呐！

挣钱

有句老话说得好：一文钱憋倒英雄汉。好不容易熬到年终奖的派发时间，紧跟着要过年了，每当这个时候，总有一个疑问在脑袋上绕来绕去。

什么疑问呢？不知道您各位爱看不爱看武侠小说，或是古装的电视剧。先说当代青年的十八般武艺，甭管是天文历史、艺术文化还是修车打蜡，这全是谋生的路子。您回过头来看看小说、电视剧里的大侠们，他们走南闯北，行侠仗义，快意恩仇，潇洒自在，可弄不明白也说不通的是，就算是武艺高强的侠客，基本也都是平头老百姓啊，偏偏小说里描述的大侠，总有花不完的钱！

买东西随手就是一元宝。上客栈吃饭，往这一坐，一拍桌子："上好的女儿红，新鲜的五斤雪花牛肉！"你要这么一说，大侠们多了不起啊，也不用上抚老母颐养天年，下教孩子学文习武，还花钱补课。假若您真以为古代侠客乃至门派都没有经济收入，只凭着一腔热血走江湖，那恐怕就是各种武侠题材的电视剧骗了您！

话说到这里，跟大伙儿先纠正一个错误：侠士，乃至武侠世界甚至真实历史上的门派，都不一定像电视剧里描述的那么阔绰。相反，他们经常会因为没钱而苦恼，哪怕是江湖上知名度很高的门派，也有为五斗米折过腰的。就拿金庸笔下的华山派来说吧，华山派何等威严？五岳剑派的替补联合主席，掌门是江湖上响当当的“君子剑”，然而岳不群领导下的华山派，差点儿濒临破产。小说里有一回，岳不群打算领着一众徒弟出山去福建，刚一出门，就让老板娘宁女侠泼了冷水：“从这里到福建，万里迢迢，咱们哪有这许多盘缠？莫不成华山派变了丐帮，一路乞食而去？”堂堂华山派掌门人，不仅威严响当当，穷也响当当，出个远门连路费都没有，还要让老板娘操心，实在是刷新了我们的世界观。

在影视剧里，大侠们的主要经济来源是劫富济贫，那武侠小说里有没有这样的情节呢？也有。不说别人，神雕大侠杨过也干过偷盗的事儿，不过在他们眼里，行侠仗义不算敲诈、偷盗，而是打土豪、斗地主。此时的侠不再以武犯禁，而是以盗生财。

怎么以盗生财呢？杨过有一次偷了一个贪官四千两银子，拿出一半来救济百姓，另一半呢？当然是收到自己腰包里了，毕竟干的是有风险的买卖。不过，这样的事只能出现在小说里。四千两银子，这在当时是巨款呐！《神雕侠侣》的故事发生在南宋末年，当时的一两折算成现在的人民币，大概能换多少钱呢？假设南宋与北宋的银价差不太多，一两银子少说也在五百到一千块钱的区间。那四千两银子是多少呢？拿最高的算，大约四百万元人民币呀！一次抢劫，既得了劫富济贫的好名声，又自个儿一夜净赚两百万，看似传奇，其实有不少漏洞在。就说把这几百斤的银两运走，再躲避官府的追捕，要销声匿迹，真实历史上的侠盗，一人干不了这事儿！

话说回头，小说毕竟是小说，有虚构的成分在，传奇被夸大也实属正常。那真实历史上的大侠们又是怎么样的呢？司马迁在《史记·游侠列传》中，讲过一位叫郭解的侠客："少时阴贼，慨不快意，身所杀甚众。以躯借交报仇，藏命作奸剽攻，休乃铸钱掘冢，固不可胜数。"什么意思呢？说到郭解的来历，可能要让您失望了。比起书里的大侠杨过，这位被正史记载的游侠郭解，听起来像是个黑帮大佬！虽然被记载在《游侠列传》上，但他做的事一点也不像侠客。这个郭解年轻的时候好勇斗狠，为了点鸡毛蒜皮的小事就动手杀人。不仅如此，为了赚钱，他还抢劫、藏匿逃犯、私铸钱币、倒卖文物，等等等等，违法犯罪的事儿都干了个遍。这在现代哪里还算什么大侠呀，早就成在逃通缉犯了。

虽然历史在变迁，可古代的朝廷遇到这种糟心事儿，照样和我们一样愤慨。郭解无法无天的行为，很快传到了当时皇帝汉武帝耳边。汉武帝是何等人？他治下的大汉朝，怎么能容忍这样的人撒野？倒霉的郭解没承想惹了皇上，结果还真的被官府通缉了。只是他走运，赶上汉武帝大赦天下，这才暂时逃过一劫。

有朋友就要说道说道了，功过哪能相抵？就说这郭解，能算侠吗？劫富济贫也就算了，他干脆就是入室打劫，得手的都是赃款，和强盗有什么区别！但至少，司马迁先生觉得他算："今游侠，其行虽不轨于正义，然其言必信，其行必果，已诺必诚，不爱其躯，赴士之厄困。"在司马迁的眼中，虽然游侠们有时候行为不检点，不受控制，但抛开这些，他更看重侠士们一直被我们所传扬的品质：言必信，行必果，信守承诺，扶危救困。说到底，这也是我们这些普普通通的老百姓喜欢大侠的原因。

郭解这样的游侠，是被太史公司马迁贴过蓝V认证标签的正牌侠客。有人说了，司马迁还怀揣着游侠传奇的浪漫主义情怀，有着一颗文艺的心。然而世道险恶，偏偏还有这样一类“伪侠”，骗的就是这些崇拜侠客、追求浪漫主义的小青年。

《儒林外史》里就记录过一个好玩的故事。说是有个大侠，给自己起名儿叫张铁臂。张铁臂厉害啊，手臂强壮到能在上面行车，唬得大户娄家的两位公子一愣一愣的。娄家这两位公子崇拜游侠，就把张铁臂养在家中，奉为座上宾。一天夜里，张铁臂从娄府的屋檐上跳下来，浑身是血，手里还提着一个血包裹，把娄府众人吓一大跳。这血包裹里装的是什么呢？没人敢想，也没人敢问。只听这位张大侠说，血包裹里装的是他仇人的人头，大仇已了，他只要再去报一个恩，就能彻底了结心愿，到时候就能安安心心来报娄家公子的知遇之恩了。可报恩需要钱啊，张大侠没钱，怎么办呢？娄家公子慷慨，就给了张铁臂五百两银子。张铁臂留下人头，拿钱就走人了。娄家公子左等他也不来，右等他也不来，张铁臂一直就没再回来。两个憨公子琢磨着把装“人头”的袋子打开，袋子一开啊，只见里面居然是一个猪头！

也许张铁臂称不上什么大侠，而且还是小说人物，不足以当真，不过作者吴敬梓揭露各种人性的故事，其实正是映射了当时真实的社会情况，也包括了对现实的讽刺。别的不说，就算到了现代也会出现类似的情节。就比如你到了襄阳，当地正在修建郭靖、黄蓉的塑像呢，明明是小说人物，怎么就能树碑立像了呢？归根到底，还是和当地旅游业有关，与所谓功夫传承、掌门人信物等完全没有关系。对侠的崇拜，自古都有，而这一点，在信息封闭的古代，恰恰被某些江湖人所利用。

混黑道的侠客，说白了，其实就是吃青春饭，是拿自己的性命在刀口上跳舞。所以啊，比起做杀人越货的勾当，稍微有点儿正能量的侠客，还是会选择做个无公害的老百姓，干个正当买卖。在这些混迹江湖的侠客里，就有一人混出了名堂，既靠本事赚了钱，又赢来了名声，他就是形意拳的创始人——李飞羽。

李飞羽，字能然，有人叫他李洛能，也有人叫他李老能。他在当时的江湖上，和八卦掌的董海川、太极拳的杨露禅并列，是为三大武林宗师。可大家伙儿知道，他是靠什么来养家糊口的吗？说来有点掉价儿，他学成武艺后，就给当时的四大富商之一，太谷县乡绅孟孛如当护院。什么是护院呢？简单明了地说，就是门卫的意思。有意思的是，堂堂的大侠，后世尊称的宗师，怎么就给人当起了看门护院的打手了？——不是职业歧视，实在是大侠给土豪当保镖，名声很容易被搞臭。

但后世也有人提到，实在是护院这个工作，坏有坏的地方，但好也有好的妙处。您比如说，护院者本身，名为护院，那干脆就只护个院子，既不替主人随意打人，也不管家里发生了什么事。那管什么呢？就管管那些不知深浅的小飞贼，不过捉到了也就教训教训，其实不深究。但李飞羽就比较耿直了，话说有一次来了个愣头青，仗着自己有些武艺，潜到孟孛如的宅子里想要混点儿油水。谁知护院的李飞羽武艺高强，小毛贼见事情败露，想开溜，可硬是让李飞羽给追回来，狠狠打趴下了。

后来的李飞羽更是名声大震，他借重像孟孛如这些上层人士的力量，通过各方斡旋，大力传播形意拳，广收弟子。就像咱们今天，有一些虽排不上主流，却非常优秀的传统文化，它们的传承人也会通过上综艺节目来为这些文化造势。

这样看来，在富商府邸谋生，也许李飞羽本来就志不在此，而是另有所图。不过都快两百年过去了，谁又能真的搞清楚呢？话说回来，就是个工作，谁磨叽这个？在哪儿上班不重要，都得活着不是！

聊完了古代大侠们的揽钱之道，咱们再讲讲古代的江湖门派是如何自负盈亏的。作为武侠小说里江湖的第一大门派，少林寺除了武功绝学比一般门派多了不少外，它的经济实力也是首屈一指的。少林寺能有自己的财库，与其说是富商显贵们求神拜佛的时候源源不断送来香火钱，倒不如说它有官府的财政支持，成了古代版的“事业单位”。自东汉引进佛教以来，历朝历代有不少王朝重点扶持佛教，营建寺庙，甚至还有皇帝身先士卒，自己当了和尚的。既然当了少林的忠实会员，自然就免不了交点儿会费。这其中最夸张的，当属南北朝时期的梁武帝萧衍。

按理说，为了引导和教化百姓，古代的皇帝们花钱赞助出家人开佛寺，本来无可厚非，可梁武帝萧衍倒好，自己整天沉迷在佛文化里了。唐朝诗人杜牧有句诗，“南朝四百八十寺，多少楼台烟雨中”，就是专门描述当年寺庙之多的。《南史·郭祖深传》里还说：“都下佛寺五百余所，穷极宏丽。僧尼十余万，资产丰沃。”可见当时的僧侣们，个个都是不差钱的主儿，有皇帝加盟赞助，哪用担心经济问题？在萧衍的带动下，上到满朝文武，下至黎民百姓，尊佛崇佛的风气很快盛行开来。到了这个地步，萧衍还嫌不够，他甚至直接去同泰寺出家为僧。这一出家不打紧，可难为了朝里的文武大臣们。这皇上要回来，可不是大车店，哪能说回来就回来？得赎！前后又是捐钱凑钱又是动用国库，才把皇上给赎了回来。

佛文化的持续兴盛，让少林寺受到了朝廷的大力赞助。朝廷除了拨款外，还送给少林寺不少的土地，少林寺租给附近的农民种植，收取田租，自己则专心礼佛。到了现代，又开始搞起旅游资源开发、开办功夫职业学校的副业了。

归根到底，古代的武林人士要想走南闯北、行走江湖，没钱是万万行不通的。侠客和门派，都不是不食人间烟火的世外神仙，只不过文人墨客们在书写侠史、流传侠义故事的时候，并不关心他们是怎么生活的，只知道李白一首“五花马，千金裘，呼儿将出换美酒”的大气豪迈，却不知他穷到拿衣服抵酒账时的心酸。很多时候，我们更愿意看到大侠们仗剑江湖的传奇色彩，也许这样，才能忘掉他们疲于生活的悲鸣。

消费

咱们现在总说，钱不是万能的，但没钱是万万不能的。照我看，这话一点儿没错，您想想，要是让您一个月不花一分钱，您能活下来吗？别说一个月，一天恐怕也不行。

“买买买”可以说是现代人生活的常态了，各种宣传页、电视广告、直播视频、营销电话，老围着你转。古代虽然是自给自足的小农经济，但古人花钱的花样也不比咱们现在少，古代人辛苦赚来的钱，都花到哪儿去了呢？

在咱们现代人的观念里，赚钱为了什么？不就是为了生活得更好吗。古人也不例外，有了钱得享受啊，怎么享受呢？

第一种，古装电视剧里的名场面，请您喝花酒去。来几位大红大紫的歌舞伎，摆上一桌好菜，一边看美女跳舞一边喝酒聊天。搁现在来讲，这就叫“美女经济”。

除了喝花酒，现代人花钱看“爱豆”演唱会，古人也是，花钱“捧角儿”嘛。说到捧角儿，想起清宣统二年来了，京剧前辈谭鑫培先生在天津凤鸣茶园演出。谭老是咱们京剧历史上里程碑式的人物，不仅戏唱得好，还是中国第一部电影《定军山》的男主角。这一回宣统二年在天津演出的戏码儿太棒了，《失空斩》《洪洋洞》《卖马》和《奇冤报》，四场都是硬戏，场子里边儿人满为患。但当时谭先生岁数大了，不是回回都能铆足了劲儿的，后排的戏迷有时候难免听不清，怎么办呢？只好抻着脖子、探着脑袋，使劲儿把耳朵对着戏台听，四天的戏听完，脖子归不了位了！当时就有报纸发表评论说，您要是在天津卫瞧见哪位“长脖子”，不用说，肯定是谭派的戏迷。

从这个事里咱就能看出来，比起现在的粉丝，以前的戏迷们追角儿可是一点也不逊色，捧起角儿来也是真金白银不惜血本，花样百出。花钱买票包场，这都是基本操作，有给角儿写新闻宣传演出的，有花钱为偶像包下报纸整版介绍的，甚至有自个儿掏腰包为角儿办演出的。只要能把自己喜欢的角儿捧红，花多少钱心里也痛快。

除了喝酒、听戏找乐子，古代有钱人也注重理财。怎么能让钱生更多的钱？这个问题不仅放在现代很重要，放在古代也是同样重要。

古代干什么来钱快？放高利贷啊。古人放贷从很早就开始了，不仅如此，还是位皇帝写下的第一张借条。战国末期，东周的最后一个王是周赧王，顶着“周天子”的虚名，实际上就是个小国的国君。有一天心血来潮，让六国的诸侯说动了心，拼凑了五千多兵马，要和诸侯联合去打秦国。可他太穷了，连五千人的粮饷、武器都凑不齐，怎么办哪？就跟财主富户们去借：等周军凯旋之日，拿战利品加倍偿还！空口无凭，立据为证。就这么着，中华史上第一张欠条诞生了。

可他们这群乌合之众根本不是秦军的对手，被人一顿暴揍，无功而返。富户们一瞧，回来啦？拿着借条就来了：“还账吧。”周赧王哪有钱还？富户们闹将起来，从早到晚聚集在宫门外，周赧王给吵得死了的心都有，只好躲到宫后的一个高台上去躲债。当时人们把这高台叫作“逃责台”，古代汉语“债”与“责”通，所以把这台子叫逃债台也没错——“债台高筑”这个成语，就是打这儿来的。

放高利贷确实来钱又多又快，但毕竟是个高风险的理财方式，弄不好，钱收不回来，还可能闹出人命。古人还有什么其他理财的方式吗？据宋代《太平广记》记载，当时有这么一个人，很厉害啊，用咱们现在的话说是个房地产大佬，叫窦乂，他靠开发房地产成了长安城的首富。

搞房地产开发，最重要的环节就是拿地。拿地，一看地段，二看价位，这一点现在也是一样。窦乂也是深谙此理，太明白了！在长安城最繁华的商业区西市，选了一片十几亩的地。别看这块地地段好、面积大，但价格便宜，为什么呢？因为这儿从前是个大坑，长年累月就变成了臭水池子，价值很低，是块废地，所以窦乂以每平三四枚铜钱的低价就买到了手。这么一个大脏水坑买回来，怎么开发呢？窦乂早就想好了一条妙计，他在污水池中央竖起一根高杆儿，杆上面挂一面旗，又在池子周围摆了六七个煎饼摊，然后贴出告示，邀请长安城的孩子们来做游戏：都看见了吧？谁能用砖石瓦块击中池中的小旗，就奖励热腾腾的煎饼。消息一传十、十传百，全长安城的孩子都来凑热闹了，不出一个月，池子填平了。行了！窦乂在上面盖了二十间店铺，铺子在繁华的市区，很快就租出去了，每天收大把的租金。

窦乂虽然赚了钱，但在古代士农工商的森严等级下，你一个商人再有钱也被人看不起，窦乂就想着给自己找个靠山。听说当朝太尉李晟喜欢打马球，于是斥巨资二十万钱买下一块地，把这块地建成马球场，送给了李晟。李晟自然是高兴坏了，从此跟窦义结成了死党。在靠山的保驾护航下，窦义扶摇直上，成了长安富户。

不管是放高利贷的和尚，还是搞地产开发的窦义，终极目的都是为了赚钱。古代还有一类人，他们把钱花在收藏艺术品上——跟咱现在的古董商不一样，古人搞收藏，更多是为了艺术追求。

历史上很多皇帝都好这一口，最著名也是最狂热的，大家伙儿都熟悉——乾隆。乾隆最喜欢在自己收藏的书画上写字儿："到此一游"，要不都说乾隆是弹幕的祖先呢？据说"瘦金体"的开创者宋徽宗，收藏了近千幅花鸟画。还有唐太宗，死了也要把《兰亭集序》带进棺材。要说做皇上有钱有权，搞点儿收藏也不算什么，历史上最著名的女词人李清照和她的丈夫赵明诚，都热衷于金石字画的收藏，两个人为了买到自己喜欢的文物，甚至把衣服都典当了。有一次家中着火，李清照急得不行，冒着生命危险从火里取出一张字画来，为了艺术可不仅仅是花钱，是实实在在的甘为艺术献身啊！

除了理财投资能让钱生钱，咱们现代还有这么一句话：再穷不能穷教育。什么意思呢？就是说教育也是一种变相的投资，这个道理古人也明白。攒钱参加科考，希望通过科举这座独木桥蹚出条阳关大道来的古人，可是不少。

好多电视剧里都有这样的桥段：来一穷酸秀才，一点儿辙也没有，就认识字，知道念书。遇到贵人了，出资助他进京赶考，到那儿去得中一什么官儿，再回来报恩。这种故事很多。

那么说，参加科举考试，究竟需要花多少钱呢？这就得看您住哪儿了，看考生的家乡离京城多远。你比如说在北京科考，你们家住通州，那可以！随时去，花不了多少钱。北京城再有你二姨、你大舅，那省心了，连店钱都省了。就怕这个：在北京赶考，你住西伯利亚，要不住海南岛的乡下，那要命了，这一道儿上光来就几个月，还得准备大把的盘缠，才能进京赶考。

光绪年间有一个叫丁治棠的举人，家在四川，要到北京参加会试。先坐船到重庆，再顺长江而下到上海，接着转洋船沿海北上到天津港，最后雇车从天津赶往北京，然后在京城的客栈住下来，等待考试，考完试还要等着放榜。丁治棠光赶考费就花了几百两银子，抵得上当时一个私塾老师几十年的收入了。结果还没考上，丁举人伤心啊。可不吗，这钱就算白扔了。

除了赶考路上的盘缠，古代考试也有变相的考试费。考生除了要支付试卷钱，一些考试装备如蜡烛、餐具、席子，等等，也得靠自己准备，也是一笔不小的开支。为考试花了这么多钱，最后要是没考上，也是够惨的。要是实在考不上，又想做官，怎么办呢？也别担心，在古代只要你够有钱，可以买个官来做。

买官这件事，打秦始皇那儿就开始了。一直到汉代，买卖官职这件事形成了一个高峰期，汉灵帝甚至在自己的后宫里设置了官吏交易所，明码标价，公开卖官。在这个交易所里，除了皇上这位子不卖，其他都卖！汉灵帝还亲自制定了个买官的规矩：公比卿价格高一倍，其他职位也价格不一。不仅想做官的人要交钱，想升官也有价钱，一些热门官职还进行拍卖，价高者得。想买官，没钱，怎么办呢？简单！在这个交易所里可以“打白条”，上任之后再还钱。总之一句话，不想掏钱的官当不上好官。

聊了这么多，不管是吃喝玩乐、投资理财，还是参加科举或者掏钱买官，钱都是花给了活人。古人也有生老病死啊，得买墓地、办葬礼。现在咱们想买块墓地，您要是在小城市还好点儿，真要是在寸土寸金的大城市，就跟好多网友说的似的，“死都死不起”。

古代相比现代，虽然人少地多，但古人对墓地的重视程度比咱们大多了。以前的人都比较迷信，觉得人死了会在另一个世界里开始新生活，活人有房子，死人也得有阴宅，并且还专门为死去的人制了“房产证”，叫买地券。买地券的材质多种多样，有石头的，金属的，陶瓷的，上面通常刻着墓主的姓名、生平和安葬地点，最重要的是得写上这么一段话：用钱帛若干，向土地公、皇天父、后土母等神明购买墓地。买地券随去世之人一同下葬，这块墓地就受到了神灵的庇护，工匠才敢动工。

有了墓地还不够，古代人讲究厚葬，死了也要把金银珠宝带进坟墓，让自己在另一个世界也能享尽荣华富贵。尤其是皇族，修建起陵墓来动辄“役万兵之众，费百万之财”。公认的葬礼极尽豪华的慈禧太后，下葬时据说动用了四千多人，仆役们把她抬到一百多公里外的东陵下葬，路上就花了五天，耗费上千万两白银。但跟她的陪葬品比起来，这还是小数目。据当时的亲历者、大太监李莲英回忆，慈禧太后的陪葬品价值最少两亿两白银。这两亿两白银，现在值多少钱呢，各位？大概是人民币六百亿元。正因为古人爱厚葬，才促成了古代盗墓行业的繁荣，也不知道慈禧得知自己陪葬的奇珍异宝被盗得所剩无几，棺材板还盖得住盖不住。

古人花钱也不光是为自己，以前的商人也会把钱捐出来服务社会。光绪年间，在山西晋中修起来一座精美的戏楼，这座戏楼是在大旱年间建成的，整整花了三年才建好，耗费三万两白银。为什么都大旱了还要修戏楼呢，把钱拿出来赈灾不好吗？其实，这座戏楼恰恰是赈灾的产物。

您甭想歪了，可不是贪污的赈灾款。修建戏楼的钱，是由当地赫赫有名的常氏家族拿的。常家是个经商世家，专行茶叶贸易。为了帮县里父老度过这次旱灾，常家放出消息，所有人都可以来建戏楼，无论老少，搬一块砖就可以换一碗粥。连粥的黏稠度都有标准：筷子插在碗里不能倒！就这样，大旱旱了三年，戏楼修了三年，县里人也喝了三年的粥。

除了拿钱帮助百姓，古人也捐资修建学校。民国时期，政府还颁布了《捐资兴学褒奖条例》，鼓励慈善人士捐资兴学。抗战时，东南亚华侨捐资买飞机救国，商人捐资兴建医院，这里面好多动人的故事，有兴趣您了解了解。

不管是花在生前还是身后，花给自己还是服务大众，古人的花钱观也是一种人生观和审美观。钱花哪儿了，代表一个人更看重什么。总的来说，不管大家把辛苦赚来的钱花在哪儿，花得高兴就行！

开车

如今这个时代，家家户户都有车，考驾照这个事也就越来越火，尤其这一到放假，大家伙儿都扎着堆儿去驾校。大人、学生，都赶着要拿下这个本儿来，甭管天儿再晒再热，也得按时按点地去排队练车。有运气好的，每次都是一把过，顺顺利利就考下来了；有的开得不好，把教练都气成了段子手。考个驾照真有这么难吗？其实大家伙儿还真得知足，这要是搁古代，想要拿驾照可比现在麻烦多了。

说到这儿，有的朋友就有疑问了：您这是胡说呀，古代没有车，考什么驾照呢？对，人类社会刚起源的时候，每天睁眼闭眼想的都是怎么能多逮几个兔子、多扒几张熊皮，各个部落生活范围也就那么大点儿地，车这种东西不是老祖宗们考虑的。

后来社会慢慢发展了，部落之间的交流也增多了，拿我们家的羊换你们家的米，咱们互相走动走动，分享分享生活经验。拉的东西多了，走的道儿也远了，只靠一双脚肯定是不行，人们对交通工具自然也就有了更高的要求，车就被发明了出来。

刚开始的原始车都是靠人拉，一般只有一个或两个轮子，咱们现在在一些落后的地区还能见到这种人力车。正如《后汉书·列女传》里记载："悉归侍御服饰……与（鲍）宣共挽鹿车归乡里。"鲍宣，咱都听说过，西汉大夫，以直言进谏出名，这句话说的是鲍宣的妻子桓少君。鲍宣是个穷小子呀，小时候在桓少君的父亲门下学习，桓少君的父亲觉得这徒弟是个可造之才，前途远大，就想把女儿许配给他，还给女儿准备了丰厚的嫁妆。按理说，娶个富婆也挺好，可鲍宣不愿意了，跟未来的媳妇说："我这穷书生怎么能配得上你呢？"桓少君听了之后，就把嫁妆全都还给了父亲，在结婚当天与鲍宣一块儿推着鹿车回了家。

现在咱们有个词，形容夫妻生活贫苦但相亲相爱叫"共挽鹿车"，就是从这儿来的。这里头的"鹿车"，说的是汉魏时盛行的一种独轮车。

为什么叫"鹿车"呀？有的朋友就猜了，是不是鹿拉的车叫鹿车？不是这么回事，这种独轮车是靠人拉的，既能载人也能载货，因为空间小，大小只能容得下一只鹿，所以叫“鹿车”，俗名也叫“轱辘车”。

可人力毕竟有限，人们就驯化了牲畜来拉车，这样拉的东西多，走得也快。提到拉车的牲畜，大伙儿首先想到的肯定是马，马车马车，马跟车本来就分不开。马车确实是畜力车的主力，但在古代，马车不是人人都坐得起的，主要还是供军队或者贵族出行使用。

那平常人要出个远门怎么办呢？骑骡子、骑驴，甚至骑牛，都行。据《后汉书》记载，东汉的开国皇帝刘秀起事反抗王莽时，快上阵作战了，却连一匹马也没有，怎么办呢？最后骑着牛上了战场。后来在战场上杀了敌方一个骑马的军官，才得了人家一匹马，也算是靠着一头牛迈出了复兴汉朝大业的第一步。

虽然畜力代替了人力，人不需要拉车了，可这牲畜也不会自己开车，人得会驱使它们才行。能够熟练地驾驶马车，是古代壮年男子必须要掌握的技术，六艺里的“御”就是说的它，以前有专门的“五御”来考核人们的驾驶技术。咱现在考驾照是三个科目，但这古人得考五个，分别是：鸣和鸾、逐水曲、过君表、舞交衢、逐禽左。我这么一说，您是不是就糊涂了？不急，咱们一个一个说。

这古代也讲究油门和离合的配合，也就是我们要说的这第一个“鸣和鸾”。鸣、鸾，是古代马车上挂的两个铃铛，一个在车厢上边儿，一个在车辕的横梁上。挂两个铃铛是什么意思呢？马车走的时候，铃铛肯定会随着响，要求你在驾车的时候，两个铃铛的声音得协调一致，得有节奏，不能噼里啪啦稀里哗啦，这不像话，影响乘坐者的心情。——我感觉这要求确实不低，现在开车都不一定做得到。

第二个叫“逐水曲”，这个就简单了，从它的名字分析，其实这就是给你一段曲折的水沟让你开，专挑路况糟糕的，考察开车人的临危应变能力。

还有这“过君表”，君表是指标示国君位置的旗帜，以前国君在组织打猎、会见诸侯、出兵打仗的时候，所在位置都会有旗帜标示。过君表，就是驾车经过君表的时候要向国君行礼。

还有科目四，“舞交衢”。“九省通衢”大家都知道，“衢”说的是往来的大路。舞交衢，就是在人流车流多的路口行驶，考验你的综合上路能力。

最后这科目五叫“逐禽左”，这是实战考试，要求驾驶人追赶禽兽，将这些个禽兽驱赶至车辆的左侧，方便车上的弓箭手射杀。

这五大科目要是能考过，你就能顺利地“开车上路”了，那要是没考过怎么办呢？没关系，也能再考。不过考的次数有限制，甚至一直考不过还有惩罚。秦朝《除吏律》里就规定，如果考了四次还不过关，就会被取消考试资格，并且还要服四年的徭役。

虽然古代考驾照很难，考不过还有受罚的危险，但在古代，车开得好也是大有益处的，不说找工作不用愁，给大人物开车还能加官晋爵。造父就是这么一个车技娴熟的老司机。

传说造父是五帝之一颛顼的第十三代传人，在造父的祖先中，好几个都是以驾车技术高超闻名天下。比如蜚廉，《史记·秦本纪》里就有记载：“恶来有力，蜚廉善走。”“善走”就是说对马匹的驾驭能力好。受祖辈的影响，造父也从小喜欢驾车，拜当时有名的泰豆氏学习驾驶技术。学成以后，受周穆王的征召入宫，成了穆王的专职司机。

据《史记·赵世家》记载，有一天，造父和穆王一起出城打猎，两个人驾着车往西边儿就去了，不知不觉，竟到了西王母的瑶池。穆王和西王母一见如故，俩人还互生爱慕之情。周穆王和西王母每天在瑶池喝喝酒、唱唱歌、跳跳舞，日子过得太开心了，不想回国了。国不可一日无君啊，这不，徐国的国君徐偃王马上就带兵造反了，已经兵临城下。怎么办呢？造父赶快驾着八匹良马，发挥自己高超的开车技艺，飞速地把周穆王带回了镐京，穆王趁着徐偃王不备，打了他个措手不及，这才保住了周王朝的江山。后来，周穆王为了奖励造父救国有功，就把赵城赐给了造父。造父自此改称赵氏，也就成了后来赵国的始祖。

说到这儿，大家伙儿是不是还挺羡慕，在古代做司机还能得到城池？待遇是真好。这车技好的受重视，可车技不好的要是上了路，那也不是闹着玩儿的。

在古代要是出了交通事故，怎么处理呢？唐朝宝应元年六月，高昌县，就是现在的吐鲁番盆地那块儿，发生了一起交通事故。唐朝对外贸易发达，高昌城也是个国际化的大商都，街上的路是人多马杂。一天，一个小男孩和一个小女孩在一家商铺门前玩耍，男孩叫金儿，女孩叫想子。这时，一个工人正驾着一辆牛车，把城里的土坯送到乡下去，可能是因为疲劳驾驶，牛没驾好，车突然不受控制，冲向了两个小孩儿，把两个小孩儿的腰都撞骨折了。那个年头，腰部骨折基本上相当于瘫痪，能不能保住命都难说。情况这么严重，怎么处理呢？

唐代的律法里，对驾车伤人的情况有专门的规定，肇事者可以先申请“保辜”，按咱现在的理解就是先取保候审，为伤者筹集医疗费，等伤者情况确定，再按律法做出裁决。那最后这肇事者到底受到了啥惩罚呢？——流放三千里，永世不得回乡。古人的交通法也够狠的。

其实不仅是撞伤人要受罚，对超速超载的处理在古代也有明文规定。根据《唐律疏议》，在没有公私合理缘由的情况下，在街道上飙车得打屁股。超载则是根据超出重量的多少打板子，超重越多，屁股越疼。如果超载太多，就不仅仅是挨板子，还要吃上两年的牢饭。

而且在古代，不仅开车有风险，坐车风险更大，一不小心就没命了。为什么这么说呢？历史上有这么两件事儿。

第一个是关于陈胜的死。陈胜大家不陌生啊，就是那个说“燕雀安知鸿鹄之志”、领导反秦农民起义的一代枭雄。他虽然抱负远大，但死得有点儿冤枉，是被自己最信赖的司机庄贾杀死的。《史记》里记载：“腊月，陈王之汝阴，还至下城父，其御庄贾杀以降秦。”说庄贾在逃跑的途中向秦兵投降，杀了陈胜。陈胜肯定万万没想到，自己的反秦大业会断送在一个司机的手上。

另一个说的是春秋时期，宋国和郑国交战，宋国将军华元炖羊肉犒劳士兵，偏偏到了车夫羊斟这儿，肉没了。羊斟没吃上肉，嘴上没说什么，心里开始嘀咕，对这华元有了意见。第二天交战，羊斟一抖缰绳，带着华元直奔郑国军营。华元一看情况不对劲，就问："你是往哪儿开啊这车？"羊斟头也不回说："分羊肉你说了算，去哪儿我说了算！"径直把华元带到了敌营，这仗还没打，就输了！

所以您看看，司机能决定带你去何方，毕竟车往哪儿开咱说了不算，方向盘可掌握在人家手里。

聊了这么多古人开车的事儿，咱前面也说了，古代经济不发达，老百姓穷，不是家家户户都能开得起车。还有的虽说家里有车，但出远门也不方便一直带在身边。那要是身边没车又有急事要赶路，怎么办呢？打车！

古代跟咱现在一样，也有专门的计程车，古人叫"记里鼓车"。现在咱们坐车都是打表计费，这"记里鼓车"是打鼓计费。《晋书》里有一章专门写服饰和车马的，叫《舆服志》，里面记载着："记里鼓车，驾四。形制如司南，其中有木人执槌向鼓，行一里则打一槌。"这是历史上关于记里鼓车的第一次描写。这话什么意思呢？是说由四匹马拉车，车上面有个用木头雕刻的小人，小人面对着一张鼓，手里拿一鼓槌儿，车每走一里地，小人就敲一下鼓，用这个方法来计算走了多少路程。有的朋友还有疑问，这小人敲鼓，是个什么原理呢？这其实是利用了咱现在常见的两个大小齿轮的差动原理，小人的手臂上拉着一根线，与它相接的齿轮每转一周，就拉动这根线一次，让小木人敲一次鼓，就拿这个来实现路程的计算。

据晋代以后的文献记载，记里鼓车也不断更新换代，又出了进阶版，不仅一里一打鼓，还另设了一个小人十里一敲锣。你说在古代打个车，一道儿上敲锣打鼓的，也挺有意思！

古代的马车我们聊了挺多，那中国是什么时候有了汽车的呢？汽车传入中国是在清朝，第一个拥有汽车的是个非常特别的女人——慈禧太后。

1901年，慈禧六十六岁生日，袁世凯为了给太后祝寿，花了一万两白银，大概相当于咱现在七百万元人民币，从外国人手里买了一辆“图利亚”牌汽车送给慈禧。慈禧听说这洋玩意儿好，不吃草不喝水还能跑，开始还不信，后来鼓起勇气尝试了一下——哎，稳稳当当，挺舒服，跑得比马快。赏赐了袁世凯金银财宝，没事儿常坐着车出去玩去。

刚开始给慈禧开车的是个洋人，可慈禧对外国人不放心，在宫里挑了一个叫孙富龄的，送去学习驾驶技术，后来这个孙富龄就成了慈禧的御用司机。孙富龄不仅车开得好，还会察言观色，很会哄太后高兴。有一次他开车带太后出游，太后高兴，赏了他御酒喝。大伙儿都知道，开车不喝酒，喝酒不开车，这个孙富龄就酒驾了，回去的路上还闹出了人命，撞死了紫禁城里一个太监。虽说太后没受伤，但满朝文武对这个事儿很不满。有人就上书了，说驾车的奴才和太后同起同坐，成何体统。慈禧觉得有道理，让人把驾驶座拆了，让孙富龄跪着开车。孙富龄一听，心说这没法儿弄啊，跪着怎么开车？可也不敢不遵御旨啊。这孙富龄也是个聪明人，用棉花把汽车的排气管给堵上，就说车出问题了，有故障，需要维修。趁着慈禧不用他的时候，赶紧开溜了，再也没回来。

后来清朝灭亡，到了民国时期，对驾驶人的管理就更加严格了，政府也开始正式为驾驶人颁发驾照。可那时候开汽车的人还是寥寥无几，这驾照颁给谁呢？骡车、马车、自行车甚至人力车，都得持证上岗。

咱们新中国成立的初期，汽车也是少得可怜，上海有户人家，国外的亲戚送了辆车给他，自己也不会开，也不敢开，直接把车捐给了国家。

旅游

前段时间国庆假期，我看好多人都选择出去玩儿去，度黄金周，可见出门旅游已经成为一种休闲新时尚。但是您可能不知道，老百姓喜欢旅游并不是今天才有的，先秦时期，老祖宗就有了颇具规模的出游活动。那么，古人是如何准备旅游的？又喜欢到哪玩儿？旅游时吃什么，住哪里？那我就带大家领略一下古人如何来一场说走就走的旅行。

中国文人的最高理想是什么？北大教授陈平原先生，在《千古文人侠客梦》一书中总结出来："中国文人理想的人生境界可以如下公式表示：少年游侠—中年游宦—老年游仙。"

这三游，除了其中透露出来的价值观，我们应该留意到那个“游”字。南北朝时候，诗人沈约就写过：“旅游媚年春，年春媚游人。”这是迄今为止，“旅游”一词最早的记载。

古代驴友是怎么旅游的呢？咱们讲一个“骨灰级”驴友的故事。孔夫子他老人家仕途充满坎坷，在五十五岁的时候被迫离开家乡，开始了他的周游列国之路。从自己的祖国鲁国出发，孔圣人花费十四年时间，走遍了卫国、宋国、郑国、陈国、蔡国等大小十几个国家。

我有个朋友特别喜欢读《论语》，是孔夫子的铁杆儿粉丝。他说现在最大的目标，就是把孔子去过的地方都玩儿一遍。现在问题来了，孔夫子的周游列国，在现代是一个什么水平呢？

为了更直观地展现孔子的足迹，我们来简单介绍一下当时那些国家现在的地理位置。孔子的祖国鲁国，位于今天的山东。卫国的濮阳、郑国的郑州、陈国的淮阳、蔡国的驻马店，都在今天的河南省内。所以，孔子周游列国，就是从山东出发，然后在河南转了一圈。用现代人的角度来看，这好像不是想象中的“出国游”，就是山东、河南两省游啊！

现代人想要出门旅行，找个旅行社，吃住行的问题就都解决了，要是实在想挑战下自己，打开App，简直不能再方便了。有多少人想过，在没有网络的古代，老祖宗怎么知道哪儿好玩？怎么去那些地儿呢？其实，人家早已经洞悉一切。有各种攻略啊，比如《山海经》《水经注》《天下水陆路程》《徐霞客游记》，等等。

除了读地理书，还有一种方法是读诗。古人喜欢游山玩水，玩得嗨了，就要写写诗。杜甫不就写了吗："会当凌绝顶，一览众山小。"得，泰山出名了！苏轼写了"横看成岭侧成峰，远近高低各不同"，一帮小迷弟小迷妹又跑庐山旅游去了。有这些个文坛大咖的诗作打广告，景区想不火都难。

在古代，旅游的风险很大，下雨下雪，地震山洪，都会危及驴友的生命，哪怕是皇上外出，那也没准儿。周昭王南下，遇见风浪，就沉船死了……正因如此，古人特别注重天气，出门旅游一定会预测天气。在唐代有关民间预测天气经验的书籍中，最有名的是黄子发的《相雨书》。这本书收集了唐代以前的一些天气预测的经验。比如书中说，傍晚天空出现彩虹，表示别处正在下雨，或者半夜会下雨。

古代交通不便，物资匮乏，出门旅游都带些什么呢？今天您肯定说：带手机，打电话、聊微信、手机支付、身份识别……古代还没这种高科技，对古代驴友来说，最重要的行李就是虎子。什么叫虎子呢？它是北宋科学家沈括对尿壶的文雅称呼。沈括曾在《忘怀录》中这样记录出门时需要携带的必需品：笔墨纸砚，酒器茶盏，刀具，油桶，斧子锄头，虎子，等等。

明末清初的散文家张岱在《游山小启》里也记载了旅游所要准备的东西，大概就是茶点、杯子、筷子、香炉、柴火、米饭。当然，这是基本配置，有些个士大夫更讲究，一定要带酒。比如明朝诗人徐有贞在苏州游玩的时候，不仅要吃自带的山珍海味，还畅饮美酒，讲究啊。

对于今天的人来说，出门旅游不算难事，只要带上手机和身份证，想上哪儿上哪儿。但对古人来说，情况就不一样了。

自春秋时期开始，我国就开始推行严格的户籍制度。1975年在湖北云梦睡虎地秦墓中出土了一批竹简，从中就发现了《游士律》，可以说是中国最早的一部旅游法规，其大概意思是，如果旅游者丢失了通行证明，要交罚款，到年底时统一征收。

古代还有一种通行证，叫路引。关于路引的起源有不同的说法，我们讲一个源于唐太宗时期的故事。您看《西游记》里边，魏征梦斩泾河老龙，李世民受到牵连，让阎王爷传唤到了阴间。阎王问明之后，知道李世民是一个贤明的君主，决定放他还阳。临行前，阎王委托李世民把鬼国的护照路引带到阳间，发给善男信女，死后凭路引进入阴间，可以免受地狱众鬼的欺凌。

这是文学创作，但是自唐朝以后，路引确实流传了下来。严格使用路引的是明朝。《明史》记载，明朝实行保甲制，法律规定，农户走出一里地就要相互告知；如果搬迁到一百里之外，就得向官府要一份路引。

所以，您穿越到了古代，只要不出城门，就不需要用到什么身份证，要是外出游玩，就得去办理出行证。而现在很多穿越重生小说，特别是三国类的，主角动不动就走南闯北，一会儿上曹操那儿，一会儿上刘备那儿，路上还没人查，主角光环盛开，收拢各路文臣武将，大杀四方一统华夏……这就是说着玩儿！

您看《倩女幽魂》第一部里边，宁采臣是个落魄的书生，前往郭北县收账，路遇大雨，在凉亭里边吃馒头；《倩女幽魂》第三部，小和尚十方与师父白云护送金佛，在途中以白米饭填饱肚子。虽然是影视剧，但也影射了古人旅行吃干粮的一面，那么古人在旅行中到底吃什么呢？

据《红楼梦》描述，古人外出经商，少则半月，多则半年，他们为此发明了“路菜”。路菜，就是路上吃的菜，一般来说既要有荤菜保证营养，又要靠盐巴来防腐，熏鸡肉、腊肉干、腊鱼等都可以作为路菜。当然，这是有钱人的标配，普通百姓吃不起。

那时候的普通百姓，吃烧饼和馒头都费劲儿，更不可能有方便面和速冻水饺。最常见的干粮，叫“糗”。大家别笑话，这个“糗”可不是“糗人糗事”的那个“糗”,它其实是锅巴。

据《春秋左传》记载，陈国有个叫辕颇的官员搞贪污腐败，东窗事发后逃向郑国，路上又渴又饿。这时，跟他一块儿外逃的部下从行囊中翻出三样东西：醴、糗、脯。醴就是米酒，糗就是锅巴，脯就是腊肉。辕颇一见，开心坏了，喝米酒啃锅巴吃腊肉，很舒服。

吃住是一体，缺一不可。影视剧有句话嘛：“客官，您是打尖还是住店？”跟现代一样，古人外出也要住旅馆，店家要进行详细的信息登记：姓名、性别、年龄、职业、来往地。旅客还要摁手印证明真实性。记录在案的资料，每月都要交给当地衙门检阅。

除了正规旅店，住宿点还有寺庙。唐僧取经的时候不老说么："贫僧自东土大唐而来，前往西天拜佛求经，路遇宝刹，想借宿一宿。"还有著名背包客徐霞客，在他的游记里也是经常提到寺庙。

当然了，不是什么时候都能遇到客栈和寺庙，要是走到荒山野岭怎么办呢？民间有个说法：宁睡千年古墓，不进千年古庙。就是说，没有客栈和正规寺庙可以投宿的话，宁可睡在坟地，也不上破庙里住去，这好像是个不成文的规矩。为什么会这样呢？

有一种说法，古时候有些杀人犯，杀人之后会远走他乡，四处躲藏。这些人不敢前往客栈投宿，晚上会选择在破庙居住。这些人手上可能有几条人命啊，你孤身一人闯进去，那完了，轻则劫财，重则命都没了。

有人说，那为什么睡坟地，不害怕吗？嗐，古人认为，坟地虽然阴森，但这不是乱葬岗子，这里的墓地年年都有子孙后代祭祀，就算有鬼，也是好鬼！所以根本没什么事儿。在古人眼里，睡在坟地比睡在破庙里边安全。

我们现在出去旅行，总爱去那些网红打卡地，北京、上海、西安，等等，不外乎政治、经济、文化名城。其实，古人也喜欢"打卡"那些热门旅行地。

您看苏州，苏州有“江南园林甲天下，苏州园林甲江南”的美称。古人爱水啊，苏州也就因此吸引了众多文人到此一游。苏州最著名的“打卡诗”，要数唐朝张继的《枫桥夜泊》了：“月落乌啼霜满天，江枫渔火对愁眠。姑苏城外寒山寺，夜半钟声到客船。”我们上学的时候都学过这个，当时就特别想上苏州看看去。

八大古都之一的洛阳，也是古人扎堆前往的旅游胜地，比如龙门石窟、白马寺、老君山，等等。另外，洛阳的牡丹花也十分出名，刘禹锡的“唯有牡丹真国色，花开时节动京城”，就描写了洛阳城的牡丹盛景。

长安是西安的古称，作为汉唐时期政治权力的中心，长安更是人们满心向往的城市。韩愈描写长安美景：“天街小雨润如酥，草色遥看近却无。最是一年春好处，绝胜烟柳满皇都。”

扬州是“中国运河第一城”。对于文人墨客来说，扬州是当仁不让的打卡地。杜牧的“二十四桥明月夜，玉人何处教吹箫”，还有李白的“故人西辞黄鹤楼，烟花三月下扬州”，都让扬州充满了无穷的魅力。

还有杭州。杭州有“人间天堂”的美誉，西湖、千岛湖、天目山，哪一处都是古人魂牵梦萦的人间胜景。无数文人墨客留下了诗篇，白居易更是把杭州推到了“江南之首”的位置，他在《忆江南》里边不就说吗：“日出江花红胜火，春来江水绿如蓝。能不忆江南？”“江南忆，最忆是杭州。”

在外出旅行时，人们往往喜欢留字纪念，“某某到此一游”。这个习惯很不好，有伤文明之邦的内涵。大伙儿可能好奇，这个习惯什么时候染上的？这个习惯源自古代。

吴承恩的《西游记》里边有这么一个细节：孙悟空大闹天宫时与如来佛斗法，跳到如来佛的手掌上驾起筋斗云，以为来到天边了，在如来佛手指头底下撒了泡尿，并且题写了“老孙到此一游”，这也是文学作品对现实的艺术反映。当然，孙悟空乱涂乱画也得到了应有的惩罚，给判了个五百年有期徒刑。

在景区题字，是唐朝一大风尚。各种寺庙、酒家，甚至寻常人家的墙壁、石头、树木，都有人留“墨宝”。唐宪宗在位的时候，元稹去旅馆住宿，看到房间的墙壁上有诗，他不也写么：“邮亭壁上数行字，崔李题名王白诗。尽日无人共言语，不离墙下至行时。”

古人题字，那是时代局限，现在再题字就不妥了，在这里劝大伙儿一句：在外旅游千万别乱写乱画。

说完了旅游的各项攻略、各个打卡地，再聊聊古代旅游都有哪些人群。除了走南闯北的生意人之外，旅游人群分两大类。

在我国历史上，出游方式最隆重的莫过于历朝历代的皇帝，比如秦始皇、汉武帝、康熙、乾隆，等等，每次出行旗帜是遮天蔽日，仆从数不胜数。但是，中国历史上最早旅游的帝王，您知道是谁吗？答案是周穆王。

据《穆天子传》记载，周穆王西巡天下，行程三万五千里，会见西王母。从西安出发，北渡黄河，出雁门关，抵达内蒙古包头，穿过贺兰山，经过祁连山，走过天山北路，最终抵达西王母的领地昆仑山。

周穆王抵达昆仑山的时候，他带着白色的圭、黑色的璧、一百匹锦缎、三百匹白绸，会见了西王母。当时民间有传闻，西王母有不死药，所以我觉得周穆王决定西巡的时候，肯定提前打听过了，他旅游的目的之一就是为了长生不老。

我们可以大胆地猜想，这一次西巡，周穆王肯定是得了药了，当然肯定不是不死药，但肯定有助于延年益寿，不感冒不得脚气什么的吧，至于是不是西王母给的已经不重要了，因为咱们关心的是他的旅游。

要说古代的旅游大咖，怎样也绕不过擅长跨界的苏东坡。

大家都知道“东坡肉”“东坡羹”“东坡豆腐”，只要是写上了“东坡”，都是苏轼的原创。除了吃货属性，苏先生还是一个旅行家，黄州、眉山、徐州、惠州、杭州……几乎把大半个中国走遍了。

现在很多人出门旅游，必须做的一件事是打卡纪念。苏轼写诗，就像现在发朋友圈。“苏子与客泛舟游于赤壁之下。清风徐来，水波不兴。”搁现在发朋友圈就是：“打卡赤壁，我跟好朋友来嗨皮啦！”标个地点：赤壁。再拍个图，等着大伙儿点赞。

苏轼在半生的艰难时世中，活出了他人无法想象的精彩。在湖北黄州，留下了千古名篇《念奴娇·赤壁怀古》和前后《赤壁赋》；在广东惠州，留下了“罗浮山下四时春”的不朽名篇。

说来说去，中国人认为“读万卷书，不如行万里路”，认为旅游最重要的内涵，不是简单的玩乐，而是体验不同的风土人情。

准备好虎子和路引，看好《徐霞客游记》和《相雨书》，备上腊肉和香脆可口的锅巴，选几个网红打卡地，咱们说走就走！

整容

眼瞅着，这天儿一天比一天冷，很多朋友一到这日子就抱怨：天一凉，穿得就得跟狗熊似的。还是夏天好！穿点儿小衣服，很贴身，窈窈窕窕的。但冬天不一样，一穿上厚棉衣，个个都跟狗熊似的。尤其女的，为了美，大冬天的都光着腿满街跑；为了瘦，几天几宿不吃饭。你让她们把自个儿裹得跟个粽子似的，肯定不愿意。而且，不仅在穿衣打扮上不能有丝毫懈怠，各种提升气质和变美的方法也是层出不穷，令人叹为观止。这里边儿有一个最有效的方法——这东西怎么说呢，人各有志，不可强求——就是整形。

爱美、追求美，本来就是咱们对美好生活的一种向往。尤其现在这年头，不是有句话吗：“说好一起单到底，你偷偷割了双眼皮。”整形已经成为大伙儿喜闻乐见、习以为常的一件事。但恐怕您不太知道，整容不单单是现代人的专利，在古代也是大有来头。

甭说您不信，古代也有整形医院？事实可能出乎你意料，即使是在物质和技术缺乏的古代，也永远不缺乏为了美丽想要改变自身缺陷的人。

古人确实会做整容没错，但在医疗技术并不发达的古代，想要一秒变女神，往往要付出极大的代价甚至会有生命危险！所以很多富家小姐，或是公主、嫔妃，会选用一种危险程度低、效果还不错的方法。这其中，就包括一种微整形手术——开面。

一提开面，很多朋友马上就想到了神医华佗想给曹操做的开颅手术。到这儿您可得打住，所谓开面可不是把脑袋劈开，咔嚓一斧子劈两半儿，然后缝缝补补。要有这技术手段，恐怕韩国整容早都落后好几千年了。历史上，开面其实是一种不用动刀子，就能让皮肤变白技术。又想变美，又不想挨刀，这古人厉害！您看《二刻拍案惊奇》的卷二十五里有这么句话：“三日之前，蕊珠要整容开面，郑家老儿去唤整容匠。”由此可见，古代女性整容开面，简直是习以为常了。

不过话说回来，古代整容真就这么容易吗？其实并不然，只是细细追究起来，开面的方法倒也不复杂，就是擦上一些“开面粉”，然后用双股棉线，弄得跟夹子似的，在脸上反复绞夹，把汗毛统统拔出来！也因此，开面也称“绞脸”“开脸”。虽然绞起来有点儿疼，但开完之后皮肤白白嫩嫩，立刻容光焕发。有人说，这跟咱们敷面膜是不是一样啊？不一样。面膜呢，隔三岔五您就能贴，天天贴也没人管，开面可不行。大部分的女子一生只有一次开面的机会，就是结婚的前一天，说白了，这就是古代少女的婚前美妆。经历过这一道程序之后，就意味着不是姑娘了，脸上的汗毛啊鬓角啊，过去说“四鬓刀裁”嘛，已经改变形象，要嫁为人妇，做个贤妻良母了。

有人说，这叫什么微整形啊，技术含量太低了。其实古代人也有些个比较高级的外科手术，点痣、修兔唇就算这类。

比方说点痣，古人很迷信，这痣生的位置有很多的讲究。对待男的还比较宽容，要是长个痣，客气一点儿的还能说是“少年得志”。可是对女的就非常苛刻了，认为女性长痣本身就不是一件好事，这痣要是长的位置不好，更要说影响家运、气运、国运，这危险大了。因此长痣的女性本来在社会上就不太受待见。最典型的例子就是王昭君，四大美女之一。王安石有句诗说：“归来却怪丹青手，入眼平生几曾有。意态由来画不成，当时枉杀毛延寿。”说的就是画师毛延寿，因为没有收到王昭君的贿赂，故意在她的画像上多点了一颗“落夫痣”。就因为这颗痣，差点儿让王昭君无缘面圣。当然了，要不是这样，也就不会有后来昭君出塞的千古美谈了。

有需求就有市场，中国古代发明了一系列的点痣、去痣的方法。比如清朝的《医宗金鉴》上就有：“宜用线针挑破，以水晶膏点之，三四日结迦，其痣自落，用贝叶膏贴之，兼戒酱醋，愈后无痕。”其实这种方法搁今天，怎么听怎么像修鸡眼。但修补兔唇就不一样了，痣可以点破了挑去，但兔唇这种身体缺陷，没有真才实学，单靠小聪明是解决不了的。

《晋书·魏咏之传》记载了一个叫魏咏之的人，他就是兔唇的受害者。《晋书》说：“好学不倦。生而兔缺……谓家人曰：‘残丑如此，用活何为！’”就是说，他因为自己长了个兔唇有点儿自卑，不想活着了，觉得很丑。幸亏当时魏咏之运气好，有人给他带来一个消息：荆州刺史殷仲堪门下有个神医，能修缺唇！魏咏之很高兴，马上登门拜访，神医果然不赖，马上把他的兔唇给修复好了。

一千多年前，古代医生们就会做这样高级的外科手术，实在令人惊叹。其实更让人惊叹的是，史籍中关于兔唇修复的记载还有很多。到了唐宋时期，修补兔唇的技术开始慢慢地成熟起来，到了明清的时候，已经对兔唇修复有了非常具体的操作标准。

这些都是小手术，接下来说说古人的高超整形技艺，那简直就是开了挂了。在现代整容术中，在人体中植入假肢的技术已经非常成熟，残奥会就是一个很好的证明。在这些特殊的体育赛事上，运动员们哪怕使用假的肢体，也能健步如飞，自此残疾人也能成为篮球运动员或是田径运动员。不过让您想不到的是，我国古代就已经有了使用假肢的先例。

《战国策》里有过这样一个记载，李牧腰脊有病，身大而臂短，在国君面前行拜礼，手不能及地，为怕招来杀身之祸，“故使工人为木材以接手”。说李牧身材有问题，胳膊太短，所以找人用木头做了个假手，伪饰成上肢。这是古书上较早见到的有关假肢的记载。年代稍近一点儿的，像元末明初的《南村辍耕录》里也说过这么一个故事：“杭州张存，幼患一目，时称张眼子，忽遇巧匠，为安一磁睛障蔽于上，人皆不能辨其伪。”南宋有个叫张存的人，幼年瞎了一只眼，经常被人取外号，无非就是“独眼龙”“张瞎子”这类的。张存在这种环境下长大，心里别扭。好在当时有个神医帮他安上了假眼睛，虽说看不见，但外表正常啊。有了假眼睛，张存慢慢地也就不再自卑了。

爱美之心，古今皆有。尤其是那些天生残疾的不幸之人，他们不仅仅需要锦上添花的美容技术，更需要雪中送炭的整形技巧。有了那些，才让他们得以成为正常的普通人，不再受别人的歧视。

长了痣的想点痣，有兔唇的想修复，肤白貌美的夫人们，也想靠整容鲤鱼上龙门。为什么古人们这么在乎颜值呢？说白了就俩字：风气。

翻阅史书典籍，我们会有一种错觉。古代选拔人才，选的都是什么人呢？有人说了，肯定是能匡扶社稷、治国安邦的，再不济，也得是能安定地方、劝农扶桑的。但很多人恰恰忘了，这样的中高层领导，往往是需要经常出入宫廷、接见各国或各地政要的，如果长得太寒碜了，皇上面子上挂不住。

《三国演义》里，您对比一下诸葛亮和庞统的待遇就知道了。一个是英姿飒爽的诸葛先生，被刘备尊为托孤大臣、大汉丞相。相反，“卧龙凤雏”，与诸葛亮齐名的庞统，却因为相貌不佳被孙权和刘备两边嫌弃。连官场上都得看脸上位，更何况其他地方了。

说到官场，不得不提古代以貌取人的潜规则。唐朝时，掌管人事任免的吏部在面试官员时，得先考察“身言书判”四关。什么叫“身言书判”呢？这其实是吏部在择选人才时遵循的四大法则：一曰身，体貌丰伟；二曰言，言辞辩证；三曰书，楷法遒美；四曰判，文理优长。“身言书判”，“身”摆在第一位，在古代长得丑的，很可能连当官的机会都没有。

咱们都听过钟馗捉鬼的故事，都知道他长得丑、凶、恶，连鬼都怕。但钟馗活着的时候，那是个才高八斗、满腹经纶、学富五车的顶级人才，可皇帝偏偏就是觉得他太丑了，实在入不了法眼，就把他的状元头衔给薅了。钟馗气坏了，在金殿上拿脑袋撞那柱子自杀，后来才有了捉鬼天师的传说。

钟馗这是传说，但唐朝时期以貌取人的处事态度是有目共睹的。比如宰相张九龄被贬后，每当官员推荐新的宰相，唐玄宗都要问上一句：“风度得如九龄否？”那意思是：长得怎么样？比张九龄好看不？比起继任宰相是否贤能，皇上更关心的是继任者的长相。这样的风气，确实影响了当时甚至之后朝代的对于美这个概念的认知。

大唐爱美之风盛行，男性都如此，女性就更甭提藏匿了多少新花样了。就拿女性最宝贵的脸蛋子来说吧，当时很多贵族妇女，都迷恋着一种新奇的整形技艺：人造酒窝。

不论是一千多年前的唐朝还是现在，酒窝都被东方女性认为是美的点缀，也被西方人看作是女性魅力的标记。但酒窝是天生的，生得好那是自然美人，那生下来没有酒窝怎么办呢？唐诗里就记载了这么一句："当面施圆靥。"什么意思呢？就是拿化妆品在嘴角那儿，加两小点胭脂，就仿佛酒窝一样。这种人造酒窝，其实算不上真正意义上的酒窝，它是画出来的，不过后来又衍生出很多修饰痘痕的说法，在《普济方》和《卫生易简方》等医药书籍中还有许多"治靥方"的记载。

话说回来，修复残疾也好，整形变美也罢，都是无可厚非的爱美体现，要是古人赶上了今天的整形技术，那不知道得有多兴奋呢！但古代的风气和审美，跟我们的难免会有偏差，有人要问了，审美再偏差，还能把人整丑了不成？还真别说，古代有一种传统的整形陋习，按咱们现在的眼光来看，还真是把人给整丑了。

说到古代整形陋习，必然少不了谈一种摧残女性足部的整形技法，就是缠足。所谓缠足，是指用布把女性的双脚紧紧缠裹住，以造成其骨骼和肌肉永久不可逆的畸形变小。

民间有这么个说法：“为甚事，裹了足？不是好看如弓曲，恐她轻走出房门，千缠万裹来拘束！”缠足的女子，从四五岁就得用布把脚裹起来，等到成年骨骼定型之后才能解开，过程极其痛苦。这样长年累月下去，等裹脚布被解开，自然也就成了残疾了。

据说，当年缠足都得挑好日子。择一良辰吉日，把孩子叫来——是真狠呐，把脚面上除了大拇指之外的四个脚趾全掰折，掰到脚心，让她这么踩着，给它缠紧。孩子是又哭又闹，那也不行，家长得告诉她：脚裹小了，以后就能嫁个好人家吃香喝辣，你要是脚特别大，以后没人要你，得多可怜哪！据说还得在脚心那儿搁点什么玻璃碴子之类的，慢慢地时间长了，脚就小了。

咱们不是有句话吗，“三寸金莲”，可您各位想象一下，三寸，比一根烟卷儿也长不了多少！想想都难受。我记着我小的时候，七八岁那会儿，住平房，街坊有一老奶奶就是裹脚的。那时候因为老太太上岁数了，八十多了，不避讳人，有时候她坐在院里头烫个脚，我们院里好几个小孩儿都淘气，就愿意站那儿看。我印象很深，那脚面上就一个大拇指，剩下半拉脚面全都窝在底下。当时还问她，疼吗？老太太好像没怎么理我们，不拿我们当回事儿。现在回头想，裹那玩意儿能不疼吗？好在，现在已经被禁止了。有句俏皮话不说吗：老太婆的裹脚布——又臭又长！

历史上很多案例都告诉我们，心灵美固然重要，但外形美更是不可或缺。您看东施效颦。美女西施经常胸口疼，天天捂着心口，皱着眉头，别人说："太好看了！"管这叫"西子捧心"。隔壁呢，住一大姐，丑女东施，跟着学。本来就寒碜，她再皱着眉捂着心口，谁看了都笑话她。

甭管好看不好看吧，人人都想焕发新颜，通过整容让自己更美，这件事从古至今都没有变过。其实只要不是过分病态地追求美，人人都有整形的权利。希望大伙儿都漂漂亮亮的，挺好！

午睡

有句老话说得好："中午不睡，下午崩溃。"

人说了，这叫什么老话啊？这当然是句玩笑，但确实，中午睡一会儿呢，对身体的恢复有很大帮助。我们也算深刻验证过这句话的正确性，很多人都愿意吃完中午饭稍微眯一会儿。

可是我们也发现啊，像英国、美国，很多西方国家，他们那儿的人没有午睡的习惯，在他们的文化里边，午睡是给老人和孩子预备的。在欧洲，如果被发现工作期间睡午觉，可能就遭了解雇了。所以这人白天感到困了怎么办呢？只能来点儿咖啡，或者干脆忍着。

中国人恰恰相反，咱们自古以来就有午睡的习惯。

睡午觉，在古代叫“昼寝”，字面意思就是白天睡觉。这个词最早出自《论语·公冶长》。孔夫子有个学生叫宰予，能言善辩，是“孔门十三贤”之一。

说他能言善辩，还有个小故事：孔子办学不久，就打点行装奔齐国，这宰予就一块儿跟着走了。当时，齐景公有个大臣梁丘让毒蛇给咬了，咬完了之后那就治呗，治了很长时间，终于康复了。病好了之后呢，来了一大帮子拍马屁的人，给这位梁大人进献药方。恰好宰予也在场，宰予就乐了：“药方是用来治病的，如今梁大人的病已经好了，你们这个时候献药方，是希望他再让毒蛇咬一回吗？”众人沉默，气氛无比尴尬。

口才十分不错，了不起。但就是这么一主儿，逼着孔老夫子骂了他一句千古名言：“朽木不可雕也。”

怎么回事儿呢？宰予“昼寝”，睡午觉呢，被孔子给发现了。孔子气得急了，拍桌子骂街：“朽木不可雕也，粪土之墙不可圬也！”我都不知道骂你什么好了！这是《论语》中，孔子骂人骂得最狠的记载。紧接着孔子还感叹：“以前我对人的态度是，只要听到他说的话，就相信他的行为；今天我对人的态度改了，听到他说的话，还要看他的行为，才能相信。这就是宰予教给我的！”

你看宰予，这挺好的人设，睡个午觉就给推翻了。由此可见，圣人的门风教规有多严格，睡午觉已经算大逆不道了！这个故事也从侧面告诉我们，先秦时期，老祖宗们是不提倡睡午觉的。那么，中国人的午睡习惯又是何时产生的？

要找出睡午觉是何时普及的，真是特别考验人。为了查阅这个资料，我翻了不少史书，最后在《汉书》和小说《三国演义》中，找到了午觉被人认可的事例。

据《汉书》记载，西汉末年，汉哀帝喜欢一个叫董贤的美男子，长得好看，比女的都好看！一次午睡，董贤枕着哀帝的袖子睡着了。哀帝想起身，又不忍惊醒他，随手拔剑割断了衣袖。后人将同性恋称为“断袖之癖”，便是源出于此。

另外您看《三国演义》里面，也有午睡的故事。刘备三顾茅庐，前几次诸葛亮都不在。第三次总算是遇到了，时值中午，书童说：“您几位来得不凑巧，今日先生虽在家，但在草堂上昼寝未醒。”刘备多聪明啊：“好好，让先生睡，别打扰！”吩咐关羽和张飞在门外等着。

张飞是个急性子，等了半天发现诸葛亮还在睡，生气了，对关羽说：“这家伙太傲慢了！我大哥一直在门口等着，他还好意思继续睡午觉？等我去屋后放一把火，看他起不起来！”

刘备赶紧制止他，如果张飞真放了这把火，估计《三国演义》就提前剧终了。站了俩钟头，孔明终于醒了，伸了个懒腰，说了四句话：“大梦谁先觉？平生我自知。草堂春睡足，窗外日迟迟。”接下来，举世闻名的隆中对就此诞生。

不论是正史《汉书》中提到的汉哀帝午睡，还是小说《三国演义》里提到的诸葛亮午睡，这都说明在两汉时期，古人已经认可了睡午觉的习惯。

那么，古人怎么想起来要睡午觉的呢？

古人的作息是很有规律的。那时候没有电，不像现代人一样有夜生活，基本都是日出而作，日落而息。

拿夏天来说，老百姓一般早上五点，天蒙蒙亮就起来忙活了，去地里锄草啊施肥啊，都要趁太阳没升起来的时候就干。官员也是那个时间起床，要赶着去上班，叫“点卯”。古时候在卯时，也就是清晨五点到七点之间，要查点到班人员。

官员和普通百姓，都是差不多早上五点起床，这个时候一般也不生火做饭，就吃隔夜准备好的食物，有条件的吃精粮，没条件的啃个窝头吧。忙活到上午十点左右，太阳升起，就回家了。

到家以后生火做饭，这个时候天气热，加上起得太早，身体有些乏了，就需要睡一觉来恢复一下精神，于是午觉就诞生了。大约睡两个小时，该起床了，农民们菜地里挑几桶水浇浇，官员们把衙门里的工作完成。到了下午四五点的时候，就开始做晚饭。

等晚饭吃完，天也几乎黑了。点灯费油啊，也没啥夜间娱乐活动，得了，睡觉吧。时间在晚上八点来钟。

除了作息时间的因素外，午觉和养生也有密不可分的联系。

中国人自古以来就特别讲究养生，喝开水、喝枸杞水什么的就不提了，单讲一个养生俗语——“三寒两倒七分饱”。什么意思呢？在“倒春寒”“五月寒”和“秋寒”，这三寒季节里，要注意增减衣裳；还要在每天的子时、午时，按时入睡；最后，每餐七八分饱，健康长寿活到老。

所谓“两倒”，就是指睡好“子午觉”，古人甚至把这称为养生的不二法门。中国最早的医学典籍《黄帝内经》记载：“阳气尽则卧，阴气尽则寤。”说的是睡觉与醒来，是阴阳交替的结果。阴气盛则入眠，阳气旺则醒来。我们的祖先认为，子时和午时都是阴阳交替之时，也是人体经气“合阴”

与“合阳”的时候，睡好子午觉，有利于人体养阴、养阳。

晚上十一点到凌晨一点叫子时，是一天中阴气最重的时候，这个时候休息最能养阴，睡眠质量最好，可以起到事半功倍的效果。这跟现代医学研究发现的人体需要在十一点之前进入深度睡眠状态的理论不谋而合。子时也是中医认为胆经当令的时间，应该熟睡。如果因熬夜而错过了这个时间的睡眠，肝胆就得不到充分的休息。

中午十一点到下午一点叫午时，要小睡一会儿。中医认为，这段时间要好好休息，哪怕不睡觉也应“入静”，使身体得以平衡过渡，提神醒脑、补充精力。

国学大师南怀瑾先生就一直恪守子午觉的准则。他老人家坚持每天只睡四小时，也就是子午觉，非但没出现睡眠不足，反而神康体泰，怡然得享高寿。

一千多年前，随着唐朝末代皇帝昭宗被朱温所杀，中国进入了五代十国时期，军阀混战，民不聊生。

当时有一个著名书法家，叫杨凝式。这位杨先生是唐昭宗时期的进士，大唐被灭以后，他在后来的梁、唐、晋、汉、周五个朝廷都当过官，一直做到太子太保，并且活到了八十二岁，可谓官场常青树。咱们不聊杨太保是如何成为官场不倒翁的，单聊这位杨太保午睡的事儿。

一个盛夏的午后，杨太保刚刚午睡醒来，伸了个懒腰，精神正好，仆人送来一封信函和一把小菜。杨太保精神正好，定睛一看，是一把韭菜花。信上的内容我无从得知，我猜测啊，无非是友人寒暄几句，然后顺带着把采到的这些韭菜花送给他品尝吧。

刚醒，肚子有点儿饿，想到美味的韭菜花和肥美羊肉的组合，杨太保顿觉饥肠辘辘，同时也想到自己这哥们真不错，大热天的专程给自己送好吃的来。杨太保兴致大增，起来穿上鞋，到书房展纸磨墨，笔走龙蛇，瞬间就写了一封回信。原文比较拗口，咱不赘述了，大意是：午睡刚醒，肚子正饿，承蒙您送来这美食，韭菜花和羊肉搭配着一块儿吃，多好哇！谢谢您啦。

这篇午睡后随手写就、只有六十三字的手札，就是被后人誉为“天下第五行书”的《韭花帖》。宋代大书法家兼诗人黄庭坚曾赋诗盛赞《韭花帖》：“俗书只识兰亭面，欲换凡骨无金丹。谁知洛阳杨风子，下笔便到乌丝栏。”

再聊一个关于雍正皇帝的故事。大家都知道，雍正可以称得上中国历史上最勤政的皇帝了，在位十三年，光是批复奏折的文字就多达几千万字。就是这样一位勤勉的皇帝，每日也必定要午睡。

根据清宫内务府档案记载，雍正刚即位的第二年夏天，他就让工部制造一批手摇风扇，拿铁片儿做的扇叶，除了没有电机，已经很接近咱们现在的立式电风扇了。

有一天，雍正睡午觉，俩太监站在龙榻之前轮流给他摇风扇，摇得汗流浃背，汗臭味儿随着凉风灌进雍正的鼻眼儿，雍正就醒了——太臭了。

午睡被打搅了，雍正很不开心，思来想去，下了一道圣旨："人在屋内推扇，天气暑热，气味不好，不如将后檐墙拆开，绳子从床下透出墙外转动。"

工部一瞧皇上出主意了，赶紧做了一架改进的风扇，这回是牵引式的，太监们离着皇上远远的，用绳子拉。一次午睡，让手摇式风扇变成了牵引式。

生活中，人们总觉得午休的时间太短，不能好好睡个午觉。其实，好的午觉并不需要太长时间，只睡短短六分钟，就可收获到益处。

德国人有研究，说六分钟的睡眠就能起到提高记忆力的作用。六分钟，已经足够大脑将短期记忆转变成长期记忆，腾出更多的“空间”装新知识。最佳的午觉时间是半个小时左右。研究发现，午睡二十四分钟，就可使工作效率提高百分之三十四，使头脑的灵敏度提高百分之五十四，还有助于减缓心率，保护心脏。

四十分钟以上的时间，能让你进入浅睡眠状态，给大脑充电。每天午睡四十五分钟，可以降低血压，调节免疫系统。您最好定个闹钟，因为午睡超过四十五分钟，会进入深度睡眠，容易在醒来以后因睡眠惯性而觉得身体疲惫，迷迷糊糊。

您可能有过这样的经历：午觉一睡下去，好家伙，一下睡到四五点钟，一睁眼，黄昏了！看着窗户外边，躺在这儿，不知道自个儿在哪儿，感觉自己让全世界抛弃了似的。所以需要提醒的是，不是所有人都适合睡午觉的。如果是晚上睡眠不好、常受失眠困扰的人，午睡会加重夜间失眠。晚上睡足七八个小时，白天还觉得困倦的人，可能是有睡眠障碍，最好不要由着自己睡，午睡会加重症状。此外，血压过低、肥胖的老年人，血液循环系统有障碍的人，特别是因脑血管变窄而常出现头晕的人，都不适合睡午觉。

最后，我就上班族朋友们午睡的事情，聊几句一家之言。很多上班族选择在办公室随便将就一下，要么直接趴在桌上，要么靠在椅背上眯一会儿。可这样睡，会让手脚发麻、腰酸背痛，很难休息好，长期如此会给身体带来很多危害。

午觉不仅要睡，更需要睡好。上班的朋友最好备一个折叠躺椅，吃过饭，适量活动半小时左右再躺下休息，这样能避免长肉。如果办公场所空间有限呢，就买个午睡靠枕，睡觉时垫着脸、垫着脖子，避免神经受压迫，保持血液通畅。同时，不妨备个午睡专用的眼罩啊耳塞啊，创造一个安静适宜的入睡环境。——好，让我们一起来午睡吧！

吃甜

都说人生有百味，在我看来其实也无非是酸甜苦辣咸。

你看咱们都习惯用甜蜜和苦涩，分别形容幸福和不幸福的日子。为什么这么形容呢？我分析啊，无非就是人类有一个共同的认识，就是您口味再独特，也知道甜是一种好味道。四川人爱吃辣，山西人爱吃酸，可也没听这两个地方的朋友说要过辣日子、酸日子。

为什么一定要用甜来形容好日子呢？据科学家们研究，人类有幸福感是因为身体里面会分泌一种叫多巴胺的物质，吃甜的东西能刺激分泌多巴胺。也有人说，这跟人的记忆有关系。咱一生下来吃的第一口都是妈妈的奶，你的最初记忆就是甜的，所以人们对甜的就十分钟爱。

说起吃甜，中国人可以说是最有发言权的。从古至今，中国人研究出来的甜食不胜枚举。我个人认为，在所有甜食里面有一种最具代表性，那就是糖食。

其实要说起糖食来，我现在都觉得我没发言权，怎么呢？中国相声界现在大批人都有糖尿病，像于谦啊侯震啊，我们一大帮人都血糖偏高，含一块冰糖得就二两胰岛素。

不打岔，咱们先说糖食是怎么回事儿。糖食在汉语里面有两个解释，一个是指说话甜言蜜语的人，还有一种就是用糖作为主要材料做的食品。糖食跟甜食的概念不完全一样，因为有的甜食不加糖，或者说不直接加糖。您像唐朝有一种甜品叫酥山，据说是世界上最早的冰淇淋，它就是用冰加奶酪和果酱，没往里边儿放糖，但是后两样都是甜的。所以它只能算是甜食，不能叫糖食。

同理，加了糖的也未必是糖食。红烧肉还加糖呢，能算糖食吗？对不对？所以这个概念您要先弄清楚了，就是主要用糖，或者糖再加上点儿别的做出来的，才叫糖食。比如说糖块儿，比如说糖做的小零嘴儿，还有的呢也能吃，但是它的作用不仅在于吃上，还有别的用途。咱们一项一项地说，先说中国人什么时候开始吃糖。

据考证，中国人吃甜口的东西可以追溯到穿树叶儿的时候，你像蜂蜜啊水果啊，都是他们爱吃的。那时候老祖宗们就开始有意识地在吃的上面做口味的选择了。确切有记载的，关于中国人最早能做糖的文献是《诗经·大雅》。里面有一句："周原膴膴，堇荼如饴。"就是说，周国这地方，土地太肥沃了，连长出来的苦菜（堇、荼是两种味道特别苦的植物）都跟糖一样甜。其中提到了"饴"这个字，饴就是一种糖，咱们常说"甘之如饴"嘛，是从五谷杂粮里面提取的，就是今天的麦芽糖。这说明早在周代中国人就能做糖了。

随着时间的推移，中国人自己研究连带从国外引进，慢慢地制糖的技术越来越高，随之而来的糖食品种也就越来越多。咱们先说说糖块儿。有一种很有代表性的糖块儿叫粽子糖，这种糖块儿出自清朝，原料是玫瑰花、麦芽糖、松子仁。为什么叫粽子糖呢？不是说这糖吃到嘴里又黏又甜、拉不开栓，嚼一口想起屈原来了。它就是形状特别像咱们包的粽子，但是没有粽子那么大个儿，一块也就是手指肚那么大小。吃进嘴里酥脆可口，越嚼越香；不愿意嚼，化在嘴里也好吃。这东西据说成于清朝同治年间，是中国较早出现的糖果。

还有一种糖食做出来不是糖块儿，但也是当零嘴儿吃，比如说咱们经常吃的龙须酥。龙须酥也是麦芽糖做的，就是先把麦芽糖放在一个容器里面，一般都是一个小盆儿。然后把这个小盆儿坐在开水里面，把麦芽糖烫软了。接下来就是手艺活儿了，用手不断地揉已经软了的麦芽糖，然后跟拧麻花儿似的拧成八字状——这得多搁工夫，得把糖拉出丝儿来，最后蘸上糯米粉什么的就能吃了。这东西据传说早就有了，在民间流传了两千多年，原名叫银丝糖，后来说是明朝的正德皇帝民间私访的时候把它带进宫里来了。常听相声或者评书的您知道，这位正德皇爷最好溜达，没事儿就微服私访，这儿去那儿去，看上这银丝糖了，就带进了皇宫，改名儿叫龙须糖。皇上嘛，什么都沾"龙"字。

另外，中国的糖食还有一种作用，就是祭祀。各位都听过侯宝林大师的《买佛龛》，里面提到那时候家家都讲究供灶王爷。到了初一、十五，给灶王爷倒半碗儿茶。到了腊月二十三，是个大典，得摆上花生、瓜子、关东糖。为什么要给糖呢？因为传说到了腊月二十三，灶王爷要回天上跟玉皇爷作报告，把你们家一年的事儿汇报给有关部门。给他吃糖，就是为了让他多给你们家说好话。老话不是说吗，说这人会说话，嘴里跟喝了蜜似的。您给灶王爷抹上一嘴糖，他自然就会说那些个好听的。您要一琢磨吧，这灶王爷不容易，所有中国人的家庭他一个人去汇报，还有就是家家都给他吃糖，他这血糖也不知道怎么样了。

祭灶用的糖都是特制的，统称灶糖，但是南北不一样。北方，您比如说东北，都是用麦芽糖做的关东糖，棋子儿粗细，管状的。京津一带呢，都是糖瓜儿，一个个跟小棋子儿似的。南方呢，您听我说过一个长篇单口相声叫《皮凤山发财》，里面就提到过南方的灶糖，就是用麦芽糖做一个宝塔，然后在这个糖塔上点缀上饰物，碎纸花儿啊青丝玫瑰什么的。但不论是哪一种，都还是那句老话，叫“上供神知，撤供人吃”。撤下来的供品都是人吃了，尤其是家里有孩子的，讲究抢那“供尖儿”，甭管是苹果、点心还是糖，说这供尖儿最吉祥了。说明中国人一个是不糟践东西，二个呢对神仙这事儿都看透了——也就那样儿。

我举的这三个糖的例子有一个共同点，都是用麦芽糖做的。说到这麦芽糖，还有一种糖也是不光为了吃，就是糖人儿、糖画儿。这个您得分清楚了，糖人儿是糖人儿，糖画儿是糖画儿。

糖人儿，说的是吹糖人儿。现在见不着了，我小时候遍地都是，前些年还有。都是小手艺人，走街串巷，背个箱子弄个车，一看这胡同人多，把箱子卸下来，找一墙根儿一坐，后背靠着墙。他这箱子简单，里边儿是熬好的麦芽糖和两样工具——糯米粉或小麦粉，外加一根苇子管儿，就是芦苇管儿。小孩儿来了，要个糖人儿，“我要一大老鼠”“我要个葫芦”“我要只大公鸡”，都是简单东西，没听说吹糖人儿有弄个十八罗汉、凤凰展翅的。他弄不了，都是简单的。

做的时候呢，手上先沾点儿小麦粉，省得一会儿糖粘到手上。他有一个碗那么大的小锅，扁圆的，里边儿放着糖。拿苇子管儿挖出一块麦芽糖来，这个糖还不是特别化，半硬不硬的，温度有讲究。挖出一块糖，搁在管子前头就开始捏，一边捏，一边通过这管儿往里吹气儿，吹个大公鸡，吹个苹果，或者吹个小老鼠，都是哄孩子的玩意儿。小孩儿拿了糖人儿，满处玩儿去，玩着玩着老鼠尾巴掉了，撅下来搁嘴里，反正最后总是得吃。但有的家长不让孩子吃：“别吃！猴脏猴脏的，那吹糖人儿的多脏呐你看他，他吹那气儿在里边儿呢，这能吃吗！”但我们小的时候没人在乎这个，没脏没净，吃了没病呗！

另外他们这行据说也有祖师爷，跟我们相声行一样。说相声的祖师爷是东方朔——但肯定也就是那么一说，每行每业都需要一个精神上的祖师爷，都愿意找一个历史上有名的人，还得挑名声好的，没有哪行说秦桧是我们祖师爷的，不好听。所以相声行找东方朔，因为他好诙谐，好玩笑。

人家吹糖人儿的祖师爷据说是刘伯温。说是当初朱元璋当了皇上了，天下安泰，就考虑这帮功臣不能留着，还是杀了踏实。搞了个大party（聚会），把文臣武将们都招呼来热闹热闹，外面架上炮，准备一锅端，这就叫“炮打庆功楼”，也叫“火烧庆功楼”。刘伯温能掐会算啊，半仙之体，提前就跑了，后来被一个卖糖的老大爷给救了。他急中生智，跟老头儿换了衣服、行头还有手使的家伙，打这儿起，刘伯温改头换面，就卖了糖了。后来为了把销量弄上去，想主意把糖做成各种小动物，吹糖人儿的手艺就流传下来了。当然了，这您一听就知道是瞎编的，但它作为一种民间文化还是值得尊重。

说完糖人儿，还有糖画儿。这糖画儿厉害，现在已经被列入咱们国家的第二批非物质文化遗产了。做法很简单，把麦芽糖熬稀了，然后拿一个勺舀出来，就用这个勺在石板上画画。画的时候还往里别根棍儿，等糖凝固了，拿棍儿挑着一幅画就走了。这手艺您听着简单，真做可难了，有的朋友拿笔画画还能把鬼都吓哭了呢，更别说拿个勺在那儿画。画龙画凤，画山水画人物，只要您等得了，人家能把《清明上河图》都给您画下来——反正先来八百斤糖搁那儿呗！人家这是有功夫的。

糖画儿这行业据说也有祖师爷，这人叫陈子昂，就是写“前不见古人，后不见来者”那位。据说这位爱吃糖，尤其爱吃黄糖。这黄糖可不是麦芽糖，而是蔗糖。屈原的《楚辞·招魂》里有这么两句，叫“胹鳖炮羔，有柘浆些”，其中这个“柘”，就是甘蔗的意思。所以说战国那个时候，中国人就会加工甘蔗了。到了唐朝，唐太宗还专门派了人去印度学习甘蔗制糖的工艺，所以说唐朝就有了蔗糖。陈子昂就是用的蔗糖作画，一边画还一边玩儿。

据说陈子昂进京当官以后，还保留了这种习惯。有一天他做完了几个糖画儿，正玩儿着呢，这边来人了，是宫里一帮太监带着小太子，打旁边儿路过。太子一眼就看见这糖画儿了，非得要，陈子昂就拿出几个，让太子带走了。结果太子吃上瘾了，也可能是玩儿上瘾了，吵着还要，把皇上都惊动了，为此特意宣召陈子昂参王拜驾，展示一下才艺。皇上看完，龙心大悦，还给陈子昂加官晋爵，后来陈子昂辞职回到四川老家，就把这门手艺给留了下来。据史料记载，陈子昂为了照顾年老的父亲，回到家乡，被射洪县县令段简迫害致死。的确是在老家待了几年，可是没说他会这门手艺。虽然并不见于记载，但却是糖画儿老艺人们口口相传留下来的故事，真的假的，得您自己去判断。

说完陈子昂，咱们再说说另一个人的故事。这个人不是做糖的，而是吃糖的，为了吃糖，特别舍得花钱。当然了，这位不光为了吃舍得花钱，干什么都舍得，就是到了为国为民的时候总是缺钱。这位就是蜚声海内外，在历史上赫赫有名的慈禧老太后。关于慈禧的传说有很多，说到她关于吃的故事，更是能写厚厚一本儿。前面咱们提到的粽子糖她就特别爱吃。要知道，这老太太可注意养生，爱吃的东西从来不多吃，但就是糖食她克制不了，尤其喝茶的时候。据德龄公主回忆——德龄公主在慈禧面前，就如同武则天面前的上官婉儿——她就说过有一次伺候老佛爷吃茶点，一次端两盘儿，她愣是来来回回端了九回，您就琢磨这老太太的嘴是多没把门儿的了。

而且据说慈禧还挺护食，别的都还好，糖食不行。有一次小太监们偷吃了她吃剩下的糖食，她是真翻脸，几个小太监罚俸三月，完事儿还让人把剩下那些糖食都捡回来了！

吃辣

这些日子出国演出去了，美国啊加拿大啊，哪儿都去。我们这行就是这样，东奔西跑，哪儿都折腾。演员是流动工作，这儿去那儿去的，我们也都习惯了。当然了，出门在外，最要紧的是吃东西，尤其是到了国外。

西餐嘛，人老说营养好，但胃口这东西骗不了人呐，山南的海北的，你爱吃什么那是骨子里边儿基因决定的。所以到了国外，你要说牛排，那也能吃，但要说爱吃得不行，那肯定谈不上，我们这帮人就是这样。吃来吃去，到最后，还是得吃点中餐。但国外的那中餐呢，有的地儿为了配合老外的口味，做了改良和调理，所以有些中餐做得就……也就那样，落一个勉为其难吧。不过在国外呢有一样东西倒是管用，那就是火锅。尤其是四川的辣锅子，反正坐在一块儿，什么都能往里边儿涮。甭管好的坏的，反正热乎乎、辣乎乎的，能吃。

提到这辣椒，很多人都好这一口，它能做的东西太多了，火锅啊，麻辣烫啊，剁椒鱼头、辣子鸡丁啊，嗬，爱吃！说到吃辣，很多人挺好奇：书上不是写着，辣椒明朝才传入我国吗？那明朝以前，古人是不是就不吃辣呢？还真不是这样。

要说中国人吃辣子，我先讲一个三千六百年前的故事。当时正值夏朝末年，有个厨师名叫伊尹，这个人厉害，在一个奴隶主家里当厨师，手艺倍儿棒，弄一手好菜。除了做菜，他私下还有一个爱好：专门研究怎么治国理政。都说不想当将军的士兵不是好士兵，这话搁他这儿合适：不想当领导的厨子也不是好厨子。后来他这本家儿，就是这个奴隶主闺女出嫁，嫁给了商国的君主，这个君主叫汤。伊尹作为陪嫁的奴隶，一起去了商国。

老话说得对，要想打动一个男人的心，就先要打动他的胃。伊尹虽然只是个厨子，但是有理想有抱负，怎么办呢？没有学历，没有人脉，没有社会地位，但人有手艺！这一天，伊尹花了很大心思炖了一锅汤，这个叫汤的君主喝了这锅汤，觉得很美，汤就问是谁炖的这锅汤，就召见了这个厨子。

俩人见面一顿聊，很高兴啊，伊尹就从炖汤聊到治国的道理：治理天下，跟我们做饭一样，要“调和五味”。其中特意提到了辣——调和五味要用甘、酸、苦、辛、咸。甘，不能过度；酸，不能过分；苦，不能过重；辛，不能太烈；咸，不能减损原味。清淡不薄，肥而不腻。

听了这番话，汤惊为天人，没想到一个厨子能说出这么些话来。得了，别做饭了，给了他高官厚禄。这个故事记录在《吕氏春秋》和《孟子》等书中。伊尹提到的“辛”，就是我们常说的辣，因为那个时候没有辣这个概念。这是古代有关辣的最早记载。

有朋友问了：辣椒不是明清时期才传入我们国家的吗，怎么商朝人就开始吃辣椒了？你这瞎说的吧？可不敢瞎说。的确，辣椒是明清之际从国外引入的，但是，在辣椒传入中国之前，难道咱们老祖宗就不吃辣了？当然不可能！

从先秦直到明清时期，中国人的餐桌上一直不缺少辛辣食品，因为不仅仅辣椒有辣味，生姜、花椒、葱、蒜、芥末、茱萸等都能制造辣味。

“辣”是由“辛辣”发展而来的，刚才咱们说了伊尹论五味的典故，五味指的是甘、酸、苦、辛、咸。我们在日常生活中有体会：“辛味”和“辣味”是有一定区别的。姜和蒜可以说是辛味，而辣椒则是辣味。

汉代以前的史籍中很少见到“辣”字，说明在先秦时期，人们接触的辣味都带有一定的辛味，辛辣食材以姜、蒜、花椒、茱萸等为主。

中国人最早使用的制辣食材是花椒和葱，《诗经》中有“有椒其馨”的说法，屈原的《九歌》里也有花椒的记载。

最初的花椒以麻味为主、辣味为辅，由于古人不太能适应这种麻酥感，经过后世的长期改良，咱们现在吃到的花椒，麻味已经变得很淡了。有意思的是，现代人不比古人，又开始喜欢上了花椒的麻味，于是在四川等地保留的古代花椒品种受到现代人的追捧，因为它麻味更重，所以又被称为麻椒。

2000年的时候，在殷墟贵族墓葬中出土了大量珍贵的玉器和青铜器，其中还有数量不少的花椒，这也间接验证了古人对花椒的重视。

除了花椒，辣味的另一个来源生姜，同样有着悠久的历史。《论语》中就有关于姜的记载：“不撤姜食，不多食。”每次吃饭孔子都要吃姜，说明圣人也喜欢辛辣的食物。管中可以窥豹，这也说明在春秋时期，姜已经是餐桌上常见的调味品。《吕氏春秋》有“和之美者，阳朴之姜”的记载，意思是说调料最好的食材有阳朴的姜。阳朴在今天的四川，说明早在秦汉时期，四川人就喜欢吃辣，无辣不欢！

在中国,有关蒜的记录最早出现在战国时期的《夏小正》一书中，这是一本专门记录农事的历书。蒜初称卵蒜，就是小蒜，这种蒜可以用作调料，制作辛辣味。

张骞出使西域以后，引入了大蒜，中原地区才开始大范围种植大蒜。中国古代神话志怪小说《博物志》记载：张骞从西域归来，带回了大蒜、番石榴、胡桃、胡葱等。大蒜在被引入中原以后，就成了中国人餐桌上的一道美味，与花椒和生姜等一起成为制造辣味的好菜。

古人有不少吃大蒜的故事。话说晋武帝结束了三国纷争，一统华夏，很了不起，但他一生也做了不少糊涂事，其中一件就是传位给自己的儿子司马衷。这司马衷是个傻子呀，在历史上很有名，他缺心眼儿！有一年闹灾荒，大臣给他汇报工作说，坏了，百姓没饭吃，饿死不少人，这可怎么办？这个司马衷很震惊："哎呀！百姓没饭吃，怎么不喝肉粥呢？"——你看就这么一主儿。这种人当皇上，天下不乱才怪呢！

据《太平御览》记载，西晋"八王之乱"时，成都王司马颖打了败仗，挟持了皇帝司马衷逃往洛阳。半截里吃饭的时候，宫女给皇帝端来一碗粗米饭，还有大蒜头、豆豉这两样下饭菜。司马衷在宫里头锦衣玉食，但这会儿饿得不行了，就着大蒜一连吃了两大碗粗米饭。由此可见，用大蒜当下饭菜，在魏晋时已成为民间吃饭的习俗。

这之后，吃大蒜更加普遍，人们不分贵贱都好这一口。据《南齐书》记载，南朝有个叫萧嶷的王爷请人吃饭，席间，大臣张融吃了烤肉以后想吃大蒜，又不好意思明说，就摇着食指，老半天才停下。另据《广古今五行记》记载，唐朝有个和尚因为没有大蒜，吃饭都没胃口。

现在人也是爱吃蒜。我跟前就好几位，有的早晨吃油条的时候也就瓣儿蒜，啧，说这味儿不一样。反正各有一好，我除了没见过吃冰棍儿就蒜的，其他怎么吃蒜的都有。

除了花椒、生姜、大蒜之外，辛辣调味品的大家庭中还要加上胡椒，这种作料在魏晋以后逐渐风靡。唐代医学家孙思邈所著的《千金翼方》记载：“胡椒，味甚辛辣。”

至于胡椒是怎么传入中国的，民间认为是唐僧西天取经，从印度带回来的。这一说法虽然有着广泛的群众基础，但其实存在历史误读，因为早在西晋时期，胡椒在中原已经广泛传播，当时还有一种酒叫作“胡椒酒”，《齐民要术》中还对胡椒酒进行了详细说明。

胡椒的传入，受到古代显贵们的欢迎。由于唐代北方仍受到游牧民族“胡食”的影响，因此唐朝人特别爱吃羊肉。《唐六典》记载了唐代政府供给各级官员的伙食，其中对亲王以下所赐伙食中有“每月给羊二十口、猪肉六十斤”，可见羊肉食用的广泛。

不过呢，羊肉有点儿膻气，好多人不爱吃羊肉，你像我儿子郭麒麟就是，不爱吃羊肉——涮羊肉可以，他觉得芝麻酱啊什么的料大一点能把味儿盖下去，剩下的都不爱吃。在唐代也是一样啊，吃羊肉必须拿胡椒来压住羊肉中的膻气。那会儿胡椒属于奢侈品，据记载，唐代大贪官元载被抄家时，在他家里发现了胡椒八百石，这太有钱了！

一直到了宋代，胡椒才逐渐进入普通百姓的家庭，中原人民更是以此创造了汤汁黏稠、香辣可口的胡辣汤。直到今天，您上河南看看去，每个地方的早餐店都有胡辣汤卖。胡辣汤的烹制，就必须用胡椒来调味。

古代还有一种辛辣的调味品，在汉代之前，古人也用它来烹制辣味。是什么呢？我念一句诗：“遥知兄弟登高处，遍插茱萸少一人。”王维的《九月九日忆山东兄弟》里面的茱萸，就是辛辣的调味品。还有一首诗是唐代李颀的作品，叫作《九月九日刘十八东堂集》：“菊花辟恶酒，汤饼茱萸香。”汤饼就是面条，是唐代民间比较常见的食物，李颀就喜欢在里面加一些茱萸增加辣味。

有人说，茱萸不是酸的吗？这其实是一种片面的观点。茱萸分三种，分别叫吴茱萸、山茱萸和食茱萸，其中食茱萸是辣的。李时珍《本草纲目》中记载：“茱萸，楚人呼为辣子。”茱萸也是辣椒来到中国以前，人们获取辛辣滋味的食材之一。

王维《九月九日忆山东兄弟》中提到的是吴茱萸，它秋后成熟，果实是紫红色的。至于那种酸味的茱萸又叫山茱萸，俗名枣皮，味道酸涩，是一味壮阳药，有补肾的功效。

咱们前边儿提到了一系列制辣的材料，还落 个：芥末。一说芥末，大伙儿都联想到生鱼片、寿司、日本料理。日本人对芥末的热爱充斥于他们的一日三餐，不仅是刺身和寿司，什么茶泡饭、盖饭，都有芥末。

其实芥末原产于我国，历史悠久。它从周朝起就已开始出现在宫廷的菜肴中，自古被当作一种自然药草，后来才传入日本。日本因为是岛国，吃海鲜的人多，所以芥末在日本得到了相当程度的发展。

前面提的都是辣椒传入中国之前，咱们老祖宗是怎么享受辣味的，现在回过头来，咱们聊聊辣椒。

辣椒以前有别的称呼，像番椒啊海椒啊，很多，原产于墨西哥，15世纪末由哥伦布带到欧洲，之后由欧洲航海家从海路传到东南亚，再传入我国广东、浙江等地，所以也叫海椒，大海上传来的嘛。

万历十九年，公元1591年，明朝人高濂出版了一本叫《遵生八笺》的养生专著，其中提到了辣椒：味辣、色红、好看。这也证明，辣椒在那个时期就传入了中国。

辣椒最早引入江苏、浙江、广东等沿海省份，那个时候的辣椒并不是用来吃的，而是当观赏植物引进的。康熙年间的《杭州府志》还提到，辣椒细长，色红，可以装饰为盆景把玩。

最早吃辣椒的应该是湖南人，湖南地方志里有吃辣椒的最早记载。康熙二十三年，公元1684年，湖南地方志《宝庆府志》记载，辣椒被湖南人称为海椒，说明湖南的辣椒极可能是由临海省份传入的。

同样以食辣出名的四川、重庆、贵州等地的地方志上，关于辣椒的记载则相对较晚。比如四川，有关辣椒的记载比湖南的晚半个多世纪。但辣椒传入四川后，那厉害了，四川人能吃辣、不怕辣，全国闻名啊！清朝末年，徐心余在《蜀游闻见录》中记载：辣椒，各省皆有，惟四川人吃辣，必须吃最辣的，每顿饭、每道菜必有辣椒。

提到吃辣，北方人可能不大理解南方人对辣椒的那种热爱——面条放辣，馒头蘸辣，鱼头盖剁椒，连豆腐脑也要淋上一层辣子……这也跟南方人不理解北方人吃大葱的道理是一样的。咱们得充分尊重、理解文化差异，中华文化博大精深呐！

那为什么南方人这么爱吃辣呢？地域环境决定了很多事情。

南方光照强，雨水多，梅雨期长，冬季又湿气重，天儿冷，吃了辣椒能排湿、赶寒。就这么简单。

辣椒不仅好吃，对身体也有很多益处，愿意减肥的朋友可以多吃点儿。但是它刺激性也强啊，吃多了上火、长痘痘，也容易伤胃，所以您纵然爱吃，也得有个度。

叫外卖

干我们这行啊，一天天的还挺忙，不像人上班呀上学呀，那么有规律，不管是吃饭还是别的都没个准时，跟其他行业不一样。但这也算一种快乐吧，尤其是到各地演出，看不一样的风景，吃不一样的美食，挺高兴。

到外地了，尤其爱吃当地的小吃。有时候我们上别的地方演出去，一去了，人家主办方张罗着要准备海鲜啊，准备这个那个的，我就赶紧拦着："千万别价，您不了解我们，咱们也不是企业家谈生意。您就说，此地老百姓，大爷大妈们都爱吃什么，哪个摊儿好，哪辆三轮车上卖的饭好吃，告诉一声，我们就吃这个，挺好！"打个电话，一会儿外卖就送来了，很快。外卖这个行业好啊，哪怕半夜两点三点了，你想吃东西也能给送来。——当然，人家很辛苦，非常辛苦。

咱们现在学生啊，城市上班族啊，都离不开外卖，尤其是在大城市，忙忙碌碌的，节奏多紧凑啊，你真来不及做顿饭，更别说下馆子了，那就点个外卖吧，饭是得吃的呀。

人们都把点外卖当作一种现代城市的生活方式，认为它是一门新兴的行业。其实这不能说是新兴的，因为最早咱们中国，至少在宋代就已经有了外卖行业，而且连皇上都点外卖。

有朋友说了，你这是瞎说的吧？不瞎说，您看一幅画去，《清明上河图》，中国古代十大名画之一，北宋的风俗画。您仔细看，这图上有个酒店伙计，一手托两只碗，一手拿筷，看着像是要去送外卖。这应该是真的，因为宋代饭店已开始提供订餐送餐服务了。有一本记载北宋东京开封府的古书叫《东京梦华录》，第三卷里就有这么几句话："坊巷院落纵横万数，莫知纪极，处处拥门，各有茶坊酒店、勾肆饮食。市井经纪之家往往只于市店旋置饮食，不置家蔬。"就是说，北宋开封人口密集，街市繁华，每条街巷上都有茶楼、酒店、饭庄。有些生意人太忙，没时间生火做饭，干脆就顿顿都从外面买。所以在北宋时期，外卖已经很常见了。

宋朝外卖行业的兴盛不是孤立的，这和当时的餐饮业的发达分不开，和如今一样，足不出户人们就能享受送餐服务。在宋代，酒楼以卖酒为主，同时兼营食品，承办宴会。两宋的都城开封和杭州，酒楼的数量、规模都远超前代。还是《东京梦华录》的记载：北宋末年，开封的高档酒楼有七十二家；南宋杭州的高级酒楼，以熙春楼、三元楼、翁厨、任厨等为最。其中翁厨、任厨，相当于今天的“某记私房菜”。看来民以食为天，古今一理。

后来的《武林旧事》《都城纪胜》《梦粱录》等南宋的书中，也记录了大量酒肆饭店以及美食菜品的资料。这些酒楼装修高档，热闹花哨，风格各异。大门口花团锦簇，饭厅的窗子上装饰五彩。开封七十二家酒楼正店，有的正店前有楼后有台；有的正店，三层高，五楼相向，各有飞桥栏槛，明里相通；有的正店，入其门，南北天井两廊皆有小阁，类似今天酒店里的雅间，使酒客饮酒互不干扰。当时的餐饮业甭提有多发达了，在这样的环境下，外卖业务也就应运而生。

好在宋朝都城闲人不老少，有些人无产无业，全靠帮人跑腿谋生。《东京梦华录》里管这些人叫“闲汉”，他们看见有钱的公子聚饮，会主动跑过去打杂，替人家买小吃、喊歌伎，取东西、送东西。假如一个宋朝人想点外卖，又不愿亲自到店，是可以派这些闲汉到店里下单的。

另外，宋朝商贩的服务意识也很超前。为了多做生意，常常挑着担子或者挎着篮子上前兜售，把小吃送到客人跟前。我们在宋话本里就可以读到这样的场景。例如宋话本《简帖和尚》描写道，开封枣槊巷口有一茶坊，客人正在里头喝茶，有个小贩托着盘子从外面进来，问客人："您吃不吃鹌鹑馉饳儿啊？"客人说："吃啊。"小贩就把盘子搁到茶桌上，用竹签子串上馉饳，捏些盐撒上，放在客人面前。

另一则话本《郑节使立功神臂弓》开头也有描写，说开封府几个员外，拜把兄弟，找一处空地摆酒席正吃着呐，来一人，从篮子里头取出砧板、刀具，切了一盘子酱牛肉。员外们一吃，还赏他银子。

那个时候的外卖可不像咱们现在，打个电话，或者网上下个单，等着吧！在宋朝需要来个人，差人到饭馆去点菜，跟店家打个招呼，由店家送上门来，货到付款。送外卖这种活儿一般是店小二包办，就像前边儿《清明上河图》里面那位店小二。当然啦，那时候送外卖也没有小电动，没有统一制服，基本靠跑，苦哈哈的无冬历夏都是步行配送。

相比于今天的外卖，宋朝的外卖可能要更上档次一些，而且包装更环保。古人没有现代的保温科技，但在外卖包装上却用了不少巧思，这也说明了宋代餐饮服务业的发达。那时的外卖怎么送呢？饭菜在外送途中凉了怎么办？宋朝解决问题也非常全面，他们用一种叫温盘的食器，专门给食物保温。温盘是一种厚底的盘子，上下两层瓷，上薄下厚，中间空心，在里面注入热水，就能起保温作用，比现在的一次性餐盒精致多了。

而且这装着菜的温盘还得放进食盒里面。食盒的形状与现在的保温饭盒相似，以木制的居多，层层分装，以免各种菜的味道混合在一起。在各种古装电视剧里面，每逢有到大牢里送饭的情节，一定会挎上一个这样的食盒。

在宋朝，外卖不仅与老百姓的生活息息相关，连皇上也常点外卖，这是宋代历史上的一个很有趣的现象。

都知道宋太祖是马上皇帝，性情豪爽粗疏。他陈桥兵变，黄袍加身，那个时候把皇帝的生日叫作“圣诞”，宋太祖第一次过圣诞就相当任性。岳飞的孙子岳珂，曾在他的史料随笔里记录道：“一日长春节，欲尽宴廷绅，有司以不素具奏，不许，令市脯，随其有以进。”这文言写出来简单，但愣听听不明白，什么意思呢？说的是太祖“圣诞”，要大宴群臣庆祝，有关部门奏道：“皇上您这任性了，要过圣诞您得让我们提前准备啊，百官来了不够吃！现做又来不及！”太祖说，不用现做，叫外卖去，能买到什么吃什么！

于是光禄寺的官员布置场地，御膳房的杂役摆上桌椅，内库里管酒的太监搬来酒水，又派出好多人，到宫外酒店、饭摊上，买去吧！连菜带主食，宫里头布置好了，百官也进宫了，太祖吩咐开宴，大家共同举杯，过了一个既热闹又寒酸的“圣诞”。

总而言之，太祖第一次过“圣诞”特别不讲究，但是这场不讲究的宴会，却成了后任皇帝们过“圣诞”所遵循的祖宗家法。用太祖的话讲：“以昭示俭之训。”给天下臣民做表率，号召大家勤俭节约。

事实上，宋朝皇上不仅仅在寿宴上叫外卖，元宵节赏灯的时候也叫外卖。

《东京梦华录》第六卷载，北宋后期，每年元宵节，皇宫东大门“晨晖门”外，专门给皇帝设一座儿：“看位”。这个看位用荆棘围起来，周长五十步到七十步之间，占地大约二十平米，里面放着皇帝的御座，便于皇帝就近观赏灯展。

天近黄昏，华灯初上，灯展开始了，开封城里卖小吃的摊贩乌泱乌泱就都来了，卖馄饨的，卖汤圆的，卖皮冻的，卖面鱼儿的，卖现炒栗子的，卖盐豉汤的，卖各种水果和干果的，团团集中在皇宫门口，在皇帝看位前摆得里三层外三层，等着皇上叫外卖。当然了，这些摊贩都经过开封府官员和御前侍卫的精挑细选。第一是手艺得地道，得干净；第二呢，得有忠君爱国之心，不然万一这其中有个丧心病狂的，甭说打皇上，您就是啐口唾沫，这事儿就大了。

有朋友问了：这宋朝皇上看灯就看灯呗，为啥非要叫外卖呢？这当然是有说道的。首先呢，两宋皇宫都不大，宫墙紧挨着市井人家，皇帝在后宫里老听见外边儿吆喝，各种叫卖，听得久了，免不了有尝一尝外食的冲动。第二呢，大型节庆，皇帝能从深宫大院走出来，在宫门外看看灯，点点外卖，是真正的与民同乐，可以展现亲民的形象。第三，按照宋朝宫廷定例，御膳房每天只给皇帝做两顿正餐，花费极高不说，菜品还千篇一律，没有什么创新，皇上老吃也就吃腻了，受不了啊，就想去市面上买些现成的小吃。

现在不是流行穿越剧吗，其实如果真穿越回去，您可能会发现很多事物似曾相识。您比方说回到宋朝，您可以做个送外卖的，不过呢在宋朝送外卖也不轻松。大宋朝餐饮业的服务意识、保鲜技术、菜品种类，恐怕现在市面上的外卖也未必能企及！

姓氏

常听相声的，您都知道有这么一定场诗："赵钱孙李，周吴郑王，冯陈褚卫，切糕蘸白糖。"前三句是《百家姓》里头的，后一句是晃您一下，找个小包袱。《百家姓》大伙儿都熟悉，现在您看谁会背个《百家姓》，那了不得了，过去是人人都会。您要搁五四运动以前，会《百家姓》连粗通文墨都算不上，顶多算不是文盲。

这"三百千"——《三字经》《百家姓》《千字文》，是过去上学的基础课，叫开蒙读物。为什么拿它们开蒙啊？您看这《百家姓》啊，它里面就是一个个的姓，碰上复姓才有俩字，剩下都是一家一个字，对于学习生字很有好处，这是第一。再有呢，就是有利于培养中国人对于家国身份的认知。

民间一打架，有句挺难听的话叫：“你知道自己姓什么吗？”讽刺对方不知道自己多大分量，质疑人家膨胀了。可为什么打起来要问这个呢？要我说，有俩原因。一个呢，人的能量一般来源于他自己和他的圈子，姓什么，就是决定他归属于哪类圈子的首要符号。二个呢，是因为知道自己姓什么是一个人最基本的常识，连这个都不知道，那膨胀到什么德行都没用。

有一段时间，孩子随爸姓还是随妈姓，还引起过争论，因为这里面关系到了男女平权的问题。其实从古至今，孩子真不一定随爸爸的姓。我这么说，那绝对是有根有据。

姓氏，我们一般理解就是姓什么的一种官方说法，其实不是。它不算文言或者官话，这俩字没有一个是起修饰作用的，全有实际意义。姓是姓，氏是氏。

咱们简单地说，“姓”是一个大家族集体用的姓，“氏”是这个大家族之下一些小家族自己用的姓。用经济学的说法就是，一个品牌的连锁店。好比德云社，都叫德云社，有三里屯的，有天桥的，不一样。

咱再拿个具体的人来详细说啊。姜子牙，都听说过，都说他兴周灭纣，斩将封神。兴周灭纣他确实做到了，斩将封神就不好说。

这位爷叫姜子牙，其实他这名字长了去了。首先说，他是姜姓，吕氏，名尚或者望，字子牙，号飞熊。也有人说是道号飞熊，这不对，因为姜子牙活着的时候，老子还没出生呢，老子没出生，道家不可能出现，所以不可能有道号。

姜姓是源于神农氏。您都听说过“神农尝百草”的典故，神农就是我们常说的炎帝。炎帝生于姜水，于是以姜为姓。至于姜水在哪儿，现在说法不一。有人说是今天陕西宝鸡市的清姜河，但也有人说是渭水河的一条支流，只不过可能改了道或者变成其他名字了。总之您就记着，姜姓来源于神农氏，再往根儿上捯，起源于河流。

随后经过不断的发展，姜姓之下分出好多支脉，其中一脉就是吕氏，姜子牙就是吕氏中的一个代表人物。他的名有两个，一个叫“尚”，一个叫“望”。一般我们用他的“姓”来组成他的名字的时候，他叫“姜尚”，用他的“氏”给他组名字，他叫“吕望”。用咱们现在的户籍管理制度来衡量，“姜尚”和“吕望”都是他的合法姓名。

当然，古人的名字也可以由姓氏和“字”或者“号”来组成，所以他也可以被叫作“姜子牙”或者“姜飞熊”。除此之外，中国人还尊称他为“太公”，所以他还有个称呼叫“太公望”或者“姜太公”。总之就是来回拼呗。古人姓氏、名称的组合方式，就是这几种。

姓氏，其实就是古人在部落时期给自己部落定下的图腾，目的是把自己部落和别的部落区分开。慢慢地，部落变成了国家，内部也形成了很多小的团体，所以就需要新的图腾去标注这些小团体。具体是用什么方法给定下来的呢？主要可以分几种，咱们挨个儿说。

最早的姓氏的制定大多跟自然环境有关，就是你住在哪儿，就用那儿的地名给自己当姓。刚才说的姜姓就是其中之一。除此之外还有妫姓，传说尧帝把自己的两个女儿——娥皇、女英同时嫁给了舜帝，他们定居在妫水之旁，所以娥皇、女英和舜帝的后代，就有一部分姓妫。

还有以居住环境做姓的。比如我这郭姓。郭，在古代有城池的意思。古代比较大一点儿的城市都有两层城墙，里面那层叫“城”，外面那层叫“郭”。可能往前边儿捯，我家老祖先住外边儿那层，就姓了郭了。此外还分“东郭”“南郭”“北郭”。您要是住得离城门口近呢，您可能就姓“东门”“西门”这些姓。

除了居住地，还有以职业和官职为姓的。比如说韦小宝的“韦”，在古代是皮革的意思。您都知道有个成语叫“韦编三绝”，这里面的“韦”就是用来穿竹简用的皮筋儿。说白了，您要是姓韦，祖上可能就是皮匠。还有姓“屠”的，就来源于屠夫。

还有就是官职。您像“司马”“司空”“司徒”“上官”“少正”，这些在古代就是官名，后来也都当了姓了。

除了这些，还有另外一种规划出来的情况。您比如说，和汉族同属中华民族的其他兄弟民族，他们在历史发展中会选择把本民族“汉化”,于是就会把他们的姓给改成汉姓。最著名的就是南北朝时期，北魏的孝文皇帝改革，产生了一批汉姓。

北魏是鲜卑族建立的政权，皇族姓拓跋，魏孝文帝原来叫拓跋宏，后来他改拓跋姓为元姓，就叫元宏了。改的还不光他一家，比如鲜卑还有个姓叫“步六孤”，他就改成了汉姓“陆”。还有一个叫“胡古口引”，他给改成了“侯”。最有意思的呢，您知道有一位传说中的侠客叫“独孤求败”，“独孤”也是鲜卑族的姓，他也给改了，改成“刘”。要是按这个标准，“独孤求败”您可以管他叫“刘求败”。

接着说继承发展的。继承发展就是根据已有的姓氏或者族群，进行有改动的继承。汉族大多数的姓都是源于三皇五帝时期那几家大部落，比如姬姓、嬴姓、姚姓——这都是上古姓氏，很多姓氏都是根据这几家发展过来的。最具代表性的方式就是以国为姓。

咱都知道周武王曾经分封八百诸侯。在一个诸侯国内，往往就有很多人用他们的国名当他们的姓。咱就说两个比较大的姓，一个是周，一个是吴，在“周吴郑王”里排前两个，这两家其实是一家，都是从姬姓发展过来的，血缘上也离着不远。

想当初，老周王有三个儿子：老大泰伯，老二仲雍，老三季历。这仨儿子他都不看重，他看重的是老三季历的儿子姬昌，也就是后来的周文王。所以他就想把自己的位子传给老三，好让他传给姬昌。可是按规矩，他又必须传给老大泰伯，这就犯了难了，怎么办呢？这时候，千古美谈的一幕发生了。泰伯和仲雍两兄弟为了不让父亲为难，主动退出，而且为了避免以后出历史遗留问题，哥俩直接搬家走人，一路从他们的老家陕西岐山，搬到了现在的江苏南部。这趟道儿可不近，坐高铁还得八个钟头呢，那可是商朝！这得走一辈子吧？总之吧，兄弟三人算是分家另过了。

后来季历这一支，因为周武王兴周灭商，建立了大周朝，而泰伯兄弟这一支的后代则建立了吴国。一直到吴王夫差的时候，吴国人才认祖归宗，这当中都过了大好几百年了。再后来吴国被越国灭了，周王室也被秦始皇取代了。两家的后代中，有的就以国为姓，发展出了周、吴两大姓氏。

除了以国为姓，还有以自己的出身为姓的。您像“公子”“公孙”，这都说明自己家挺有地位，一般只有贵族才这么叫。还有按自己在家的排位取的，比如“长孙”“叔孙”“季孙”之类的。

像他们这几种，还都是后人继承的前人，也有的是前人提前就给后人安排好了。换句话说，就是你爸爸给安排好了，不让你随他的姓，让你自己姓一个姓，分出去另过。最具代表性的就是咱们中国人的“人文始祖”——黄帝。

黄帝自己本姓公孙，后来改姓姬，自号“轩辕氏”。所以黄帝的名字应该叫公孙轩辕，或者姬轩辕。当然，后来也有人姓他这“轩辕”俩字，不过他给自己的儿子定的姓可不光这几个。据《国语》记载，他有二十五个儿子，其中十四个让他给定了姓，但是这十四个他给定了十二个姓，分别是“姬、酉、祁、己、滕、箴、任、荀、僖、姞、儇、衣”十二个。

爸爸给儿子的姓，这算继承。还有一种是皇上给手下人赐姓，这个就得算意外了。

比如明朝，永乐皇帝为了表彰一个姓马的太监立了战功，给他赐姓郑。太监原本叫“马和”，这一下就改叫“郑和”了，没错，就是那位七下西洋的郑和。到了明末清初，在南方有一个明朝的小朝廷、“分公司”，年号叫隆武。隆武皇帝收了个干儿子叫郑森，因为有干父子的关系，所以皇帝赐自己的干儿子姓朱。从此郑森就被称为“国姓爷”，听这个您是不是也挺耳熟？这郑森还有一个名字，叫郑成功，这您就认识了。

除了这种奖励式的，还有诋毁性或者惩罚性的。最有名的就是武则天，她击败了自己两个后宫的敌人——王皇后和萧淑妃，用极其残忍的方式处死两人之后，分别赐姓“蟒氏”和“枭氏”。一个蟒蛇一个枭鸟，这俩在中国人眼里面都不算好物。

除了赐姓，还有改姓。民间有一句俗话，武侠小说里面常遇见，叫“大丈夫行不更名，坐不改姓”，这是敢作敢为的意思。但有的时候祸太大了，你就得改名字。比如汉代有个人叫炅（Guì）横。这个“炅”字，就是咱们著名主持人何炅(jiǒng)老师的那个“炅”，这个字当姓讲的时候念“Guì”。

这人有四个儿子。据东汉《太尉陈球碑》记载，炅横后来因为一些事情被杀，四个儿子一商量，留一个给爸爸看坟，剩下那仨赶紧跑，避免被波及，给自己家多留一条血脉。留下看坟的那个接着还姓炅，跑了的那仨，把姓都改了，但只是改了字形，读音还是“Guì”：一个写成“桂”；一个写成上面一个天，底下一个日，也念昋（Guì）；另一个是多音字，化学里边儿“乙炔（quē）”的“炔”，这字当姓讲，也念“Guì”。

所以有时候中国人为了祖宗香火，也是会改姓的。

民间早就有习俗，叫“姓随舅舅为长寿”，说孩子随姥姥家的姓，能活得长。这个显然没科学道理，但是从中你可以看出古人改不改姓，跟祖宗、跟男女平权一点儿关系也没有，咱们现代人就更没必要去纠结这个。您听我们相声里边儿老说那句话：“姓什么不吃饭？”其实是有道理的。

细心的朋友能发现，就我刚说的几个姓氏，包括姜姓，都带一个女字边儿，显然这是跟历史发展有关系的。人类是由母系社会慢慢转入父系社会的，所以最早的姓，都会有“女人的痕迹”——就连“姓”这个字本身，都带个女字边儿——那会儿老祖宗是讲道理的，给这些东西选择符号的时候，都下了一番苦心思。

中国的姓氏不光带有历史发展的痕迹，还显露出一种信念，就叫“万姓同源”。不管你姓什么，最后往前捯，都是一个祖宗。所以中国人说“家国天下”，其实都是一回事儿。希望大家秉承咱们老祖先的思想，与人为亲，与人为善。

拜师

一说起老师，我这心里就无限感慨。不管是生活中，还是少年时学习、后来学艺的道路上，我都遇到过不少老师，也有不少往事一下就能涌上心头。

我上小学那会儿在天津北竹林，听起来诗情画意的一个地方，分南竹林和北竹林，估计这地儿现在都拆没了。现在看，离家也不远，就隔俩小胡同，穿过去就是，但当时印象很深，对一个六七岁的孩子来说觉得挺远。我对我们体育老师的印象直到现在还很深，因为他爱逗孩子玩儿，还会变戏法儿，没事上他办公室就老能看见。

在古代，中国人讲究“五伦”：天、地、君、亲、师。这五种事物是中国人最高、最朴素的信仰，对应的就是天道法则、自然规律、国家领导、父母双亲，以及老师。

别看老师好像在这里排最后，但是在尊重上，中国人对老师却是最严谨的。为什么呢？天道自然，有时离我们很远，也沉重。领导、爹娘，离着我们近，但有的时候得接受我们的抱怨。而老师，不但离着我们很近，还得承担前四种义务，所以对老师要格外地尊重，这体现在很多方面。

首先说，找老师求学，有专门的拜师礼。即便没人看，也得办，而且一定要办得很正式，因为师生关系是一个新的伦理关系的建立。在古代阶级社会中，它几乎等同于君臣关系的建立，甚至受重视的程度还要高，君臣不是亲属，可师徒堪比亲人呐，既严肃，又生活。当然这个拜师礼有一个发展过程，这个咱们一会儿再讲，先说发展成熟以后的拜师礼是什么样的。

拜师礼一般分三个步骤。第一就是要给圣人牌位磕头。圣人就是孔子了。汉朝以后，儒家成了正统学说，也就成了教育的指导学派，因此圣人就成了教育行业的保护神。

第二就是要给老师行礼，也就是磕仨头。当然了，要是有师娘，学生得同时向两口子行礼。有的时候，老师为了表示对师生关系的重视，也会还半个礼，还的这半个礼没有硬性规定，欠欠身、作个揖，就行。

第三，老师要当堂训教，也就是马上要给上第一课。这第一课并不教专业知识，而是教学生做人品质、学习态度，以及自己独门的规矩。

除了礼节上的这些东西，还有一些物质上的保证，也就是学生要给老师送一些礼品，叫作“六礼束脩”。“六礼”说的是学生要送给老师六种礼品，“束脩”则是六礼的其中一样，大白话的意思就是十条肉干。发展到后来，束脩在文法上就直接指代学费了。

六礼指的是什么呢？芹菜、莲子、红枣、红豆、桂圆和束脩。为什么要送这几样呢？没特别的意思，就是报酬。当然，这肯定不是全部的报酬，一开始可能是，但是后来你要是光给点儿肉干，肯定不合适，那老师就得成了肉干了，得饿死。

剩下那五样可都有特别的寓意。您像芹菜，属于借字抄音，寓意就是勤奋。莲子，因为芯儿是苦的，寓意老师苦心教导。红枣，也是借个音，寓意早早登科及第。红豆，在中国一直是吉祥物，很多情况下送礼都捎带，在这里就是祝吉祥如意。桂圆跟红豆一样，寓意圆圆满满。

当然，也有不给老师送礼物的。不是有很多传说吗，家里穷，交不起学费，但老师喜欢这学生，所以就把学费给免了。您比如岳飞，评书、小说里就讲过，岳飞小时候家里穷，读不起书，是妈妈在河边用树枝写字教他。后来他偷偷到学房外边听先生讲课，先生一看，这是个好孩子啊，又聪慧，所以不收他学费，允许他听课。

其实，历史上的岳飞不是幼年丧父，他爸爸死的那年他至少快二十岁了。他小时候的日子也没有那么难过，所以不可能有老师给他免学费的事儿。老师有没有可能给学生免学费，这个不太好说，但是应该会有。不过有一点要说明白了，古代有一些教书先生是真的需要束脩银子才能活下去的。

古代拜师求学，或者教师这个行业，它有一个发展的过程。

中国最原始的教育是在部落时代，全是在家里学，爸爸钻木取火，儿子在边上看着，也就学会了。后来有专门的人负责教东西，因为家里大人都打猎去了，孩子们得有一个人专门负责照顾，这就是教师的雏形。再后来，国家建立起来了，政府部门派出官员负责教学。没有那么多的专业人士怎么办呢？就让老百姓“以吏为师”，就是跟当官的学文化、学知识。

到了春秋战国，人们的思想开始活跃，私学兴起，百家争鸣，真正意义上的师生伦理也就在这时候形成了。不过这个时候拜师没有固定的礼节，都是师生之间自己研究、自己执行。换句话说，孔子收徒弟的时候，徒弟给孔子行礼是应该的，给孔子送礼还没必要。

《史记·留侯世家》里面记载了一个黄石公授天书的故事，流传千古。说是留侯张良，年轻的时候遇到过一个老者。老者当着他面，把鞋脱了，啪一下扔桥底下，说：“哎，你给我拿过来！”张良就去了，鞋给捡回来了。这老大爷说：“你给我穿上！”张良应该不是特别高兴，但反正要穿那就给穿上吧。这一穿上，老头儿乐了：“很好，后五日平明，与我会此。”五天以后天亮的时候，还在这儿见。张良也不知道怎么回事儿，去呗！但是一连两回，老头儿都比张良到得早，老头儿不高兴：“你怎么来晚了呢？”又跟他约日子见面。一直到第三回，张良半夜去的，等着老头儿。老头儿这才高兴了，送他一本书叫《太公兵法》，也就是姜子牙的兵书。打这儿起，张良能耐就大了。这个故事叫“张良纳履”。

这个事儿别看见于正史，但历来是有争议的。真假咱们单说，至少拿这个故事来从侧面证明一下，秦汉时期，拜师礼还是一个很随意的事情。

一直到唐朝，《通典》这本书问世，才规范了师生之间的礼仪。《通典》里面有一句话叫“天子拜敬保傅”，说皇上拜师，也不能一撇嘴：“过来！教我嘞！”这不像话。那这皇上也是找倒霉了。

常听传统艺术，或者常看历史小说的朋友，您都知道，皇上或者某个军阀首领的身边都有一个很重要的角色，叫军师。“军师”这个名称据说来源于《史记·孙子吴起列传》，里面有一句“于是乃以田忌为将，而孙子为师”，说的是齐王让田忌当大将，孙膑为军师，给自己出主意。说明军师相当于参谋长。

很多情况下，给皇上家或者大集团首领家当老师的，都兼职做军师。您看电视剧《雍正王朝》里的邬思道，就是那个意思。皇上家有一个特殊职务，叫太傅，就是太子的师傅。有的时候太傅是个虚衔，就管教课。有的时候太傅的权力又很大，跟宰相差不多。根据《三国志》记载，三国后期，魏国的权臣司马懿和东吴的权臣诸葛恪都当过太傅。司马懿当太傅那是个虚衔，不过地位还在，诸葛恪则不然，名为太傅，实际上就是二皇上。所以说，教书先生实际上也是一个家族或者一个政权的幕僚，甚至是经理人。

不过这种教师还是少，大部分的教书先生都是很基层的那种。我粗略地给分成五类。

第一类不用说了，给皇家当老师，基本上都是大官了。当然了，大官也不一定日子就过得好。嘉庆皇帝的老师朱珪，就没什么积蓄，死的时候丧葬费都是嘉庆给拿的。不过大部分还可以，小日子过得不赖，都挺有钱。

第二类是给富贵人家教“专馆”。“专馆”是个固有名词，学生上课的地方叫学堂或者学馆，专门教这一家人的，就叫专馆。能在家里面设立专馆的都是有钱的人家，能在这里面给孩子上课，待遇也差不了。要是赶上达官贵人的家庭，这家专馆的老师就被称作“西宾”或者“西席”。古人座位是以西边为上，坐西面东的都是身份高的，所以这也是对老师的尊重。一般做了西宾，就有机会参与这个家族的管理，或者干脆能给这家出谋划策。

第三类是官派的老师。古代为了推广教育事业，在各地都设有官学，供孩子来受教育。国家出钱，雇用一些老师来官学里给孩子上课，这些老师国家给开工资，但是不算公务员系统。

第四类就是相对官学而言的，民办学堂的老师。过去一些民办的学堂招收学生，也会聘请老师来自己这儿上班。老师的工资水平，也是跟学校的收入水平相称的，有时候比官学的要高，有的可能还低。

第五类，就是咱们在影视作品里面常见的私塾先生。在一些小县城，或者大一点儿的农村，有那考不上科举的先生们，为了活着，也招几个学生，开个私塾。这一类，就是真指着束脩银子才能活的老师。反正是薄利多销呗，少收点儿钱，多招几个孩子，一边教书，一边准备下一次考试。

职场

这几天来俩朋友，一块儿吃个饭。我这人其实不爱跟人吃饭，尤其是有生人什么的，老觉得跟人聊不到一块儿去。但这俩人呢不是外人，所以还挺好。酒过三巡菜过五味，话头起来了。

他们俩，一个是说相声的，一个是做生意的。说相声这位是外地的，聊着闲天儿，我问："你们那儿怎么样啊？"人说："嗐，挺紧，跟上班似的。"说他们那相声社，每天八点上班，打完卡，老板要求大伙儿念报纸，念完了还得开会，如何如何。我就没听明白，问："那你们演出演得怎么样呢？"他说："也没怎么演出，净开会了！"我就乐了，我说："那就对了，这番作为就说明你们老板跟相声已经没任何关系了，没听说过说相声的还得早晨八点上班打卡，那是另一个工种！咱们这行不一样。”

另一个哥们听完也乐了，说：“这就不如我，我们那儿也是早晨八点签到，后来就觉得不符合我心气儿，已经辞了职了。”我说：“你们做生意，早晨八点签到合理啊，跟说相声不一样，哪个说相声的早晨签到外加念报纸开会，我就不信他还会说相声——那是外行得令人发指。”他说，不是，说他们老板有点儿不可理喻，早上八点签到，中午休息一小时，下午六点下班，虽然有双休日，但老出差加班，还不给加班钱。公司虽然有奖惩制度，但奖励呢，很少兑现，惩罚倒是翻倍的，实实在在。他一气之下就辞了职了。

听完他们俩说这个，我也挺感慨，人在屋檐下，不得不低头。其实作为老板来说，经营公司也有自己的难处，咱也不好多说什么。当然了，说起这老板和员工之间的故事，还是挺好玩儿的。往前捯，我们的老祖宗，有没有这么苛待员工的？有。

这就跟您大伙儿盘点一下，历史上那些压榨员工的“黑心”老板。

提到苛待员工，元朝有个人叫赵孟頫，他是宋太祖赵匡胤的十一世孙，也是一位顶级的书画大家，才高八斗，所以皇帝忽必烈很赏识他。

当时的丞相叫桑哥，他在历史上臭名昭著，因为就是在他的支持下，其手下盗掘了南宋的历代皇陵，甚至把宋理宗的头颅做成了喝酒的杯子，丧心病狂！

但现在我们不讲朝堂上的这些事，单讲这桑哥是如何体罚员工的。元朝至元年间，也就是公元1264年至1294年间，那位赵孟頫赵老先生，任尚书省兵部郎中，相当于现在正厅级的干部。

桑哥制定了一套严格的上班考勤制度，规定上班钟声响过，官员都必须到工作地点，谁迟到打谁屁股。这一天，赵孟頫迟到了，让人力资源部的人抓住，摁那儿褪了裤子打屁股。那赵孟頫可是赵宋皇室子弟，又是个文人，从小养尊处优，哪受过这个？捂着屁股，一瘸一拐地去找丞相哭诉，说："刑不上大夫，是辱朝廷也。"把自己挨屁股说成是朝廷的耻辱。

赵孟頫当时正得宠，所以桑哥也怕事情闹大，于是亲自送他回家养伤。之后，尚书省的处分办法改为低级官员迟到缺勤才打屁股，像赵孟頫这样的中高级官员可以豁免。赵先生这顿屁股算是没白挨，至少给同僚们挣到了以后迟到不挨板子的好处。

这则故事记录在《元史》中，真实性毋庸置疑。这是典型的一个关于“变态考勤”的故事，从侧面也证明了苛待员工古已有之。

有人的地方就有江湖。您别说现代有黑心老板，咱们老祖宗苛待员工的手段也是五花八门，一点儿不输现在。

熟读两汉史的朋友，对王莽一点儿也不陌生。他篡汉建立了新朝，虽然这个新朝在中国历史上仅仅存在了十五年，是一个短命的王朝，但是王老先生的所作所为，可谓前无古人，一系列的改革简直让很多人都认为他是个穿越者。朝堂上的事我就不讲了，太复杂。单讲在这新朝集团，王莽作为一名CEO，是如何盘剥员工的。

《资治通鉴》记载了这么一件事。新朝建立后，CEO王莽发了道总裁令，以工资标准尚在制定中为由头，规定上到公爵，下到小吏，全都停发俸禄。白干活儿，不给钱！要命不？

王莽的这道总裁令，对员工十分苛刻，给朝廷辛辛苦苦打工的官吏们竟然领不到工资！过了段时间，王莽才答应给官员发俸禄，又发了一道总裁令：全国官员分为十五等，最低级官员的工资每年六十六斛粮食，此后按照等级逐渐上升，最高级的官员的俸禄为一万斛。

这道总裁令，乍一看还挺好，体现了按岗分配的原则。但王莽随后又下了一道总裁令，补充告知：以前，收成好的时候官员工资高，收成差的时候工资低。现在，如遇灾荒年，官员工资就要减少。灾荒年，官员一个月的工资发两匹布或者一匹帛，等困难时期过去，官员的工资照常发放。这就跟我们某些相声场子似的，演员演完了，实在是不挣钱，后台老板一人给送一西瓜——这都真事儿！

王莽除了工资制度以外，还额外制定了一套奖金系统。“要想马儿跑，就要给马儿多喂草。”大家都知道这句话，王莽也不例外，因此以爵位作为奖赏。但王莽为人实在小气，给人赐爵位，又不舍得奖励实物，更别提封地了。怎么办呢？他想了一高招，又以新公司的规章制度还没有完善为借口，先给有突出贡献的员工授予茅土，来暂时代替封爵。

“茅土”是什么呀？就是象征封国的茅草与泥土。据《资治通鉴》记载，有一年，王莽煞有介事地在金銮殿召开公司全体员工大会，陈列四色泥土和茅草，祭告泰山、国家宗社、后土和该祭奠的那些老人，然后把象征封国的茅草与泥土授予有功的员工。

历史上有不少人给下属开空头支票，望梅止渴，画饼充饥，但王莽给的这空头支票，恐怕是历史上最奇葩的了。

唐朝也有一项厉害的考勤制度，那家伙，已经超过了小伙伴的承受力！

据《唐律疏议》记载，如果官员迟到，或者点名的时候不在，就要体罚。缺勤一天打屁股二十下，三天加一等，二十五天打屁股一百下，若是满三十五天，直接判有期徒刑一年！这个规矩针对朝廷所有人，不分官品高低。唐朝诗人白居易曾这样描述上班："退衙归逼夜，拜表出侵晨。"诗人住得挺远，用现在的话说住在长安的"五环"外，上班路途遥远，再加上走路上下班，所以每天披星戴月。

体罚还不够，打完还得扣钱，您说这玩意儿缺德不缺德？据《中国俸禄制度史》等书记载，罚俸制度最早始于唐玄宗先天二年，唐玄宗对那些缺勤的人，除了打屁股，还要扣三个月工资。

可能是缺勤扣钱给朝廷财政创了收，唐玄宗进一步把处罚的范围扩大。例如《新唐书》记载了这样一段话："卢迈坐举非其人，夺俸两月。"一个叫卢迈的官员，推举人才推举错了，被扣罚了两个月的薪水。太狠了，就比如你好心眼儿，跟老板引荐了一个什么人才，老板指望这个人才为公司创收。干了俩月，发现这人才不给力啊，于是老板迁怒于你，扣了你两个月的工资。你说冤不冤？

《通典》是中国历史上第一部关于典章制度的通史，专门介绍历代典章制度的沿革变迁，上面记载了这么一件事。唐玄宗在开元十六年发了一道命令："文武百官俸料钱所给物，宜依时价给。"咱们的宠妻狂魔唐玄宗，给老婆弄荔枝的时候怎么着都成，给员工发工资他抠搜了，不全给现钱，行"半钱半帛"制。

就跟咱们现在某些老板一样，工资本来是五千，结果发你两千五，剩下两千五发的是超市购物卡。这两千五的购物卡也指不定是以什么团购价从哪儿买来的，老板从中又能省一笔钱出来。

玄宗的一系列工资改革措施，致使唐朝中期以后，官员的生活朝不保夕。最著名的例子有诗人杜牧，他写了一篇散文叫《上宰相求杭州启》，说：我们家四十多口人，全靠这点儿工资养活，活不下去了。他在京城当官，工资实在不足以养家糊口，他就给宰相写了信，请求调去杭州当刺史。当时杭州官员的月薪比京官的整整多一倍。

还有一人咱必须提到——明朝的朱元璋。朱元璋大伙儿不陌生，八辈儿贫农呐，创立了大明集团，任公司首任CEO。

这位小的时候没少吃苦，当过和尚，给人放过牛，什么都干过，后来又体验了创业的艰难，知道没钱的日子有多苦，所以公司成立后，朱总在给员工定薪时就显得不那么大方。

当时官员的薪金主要发实物，就是大米。哎哟，发米心疼啊，望着一满仓白花花的大米，朱总绞尽脑汁，制定了一套大明薪资方案。据记载，当时正一品的官员，月薪是大米八十七石，一年为一千零四十四石。折算成现在的计量，一石米约为一百八十九斤，一千零四十四石米约二十万斤。按现在大米的价位行情，普通大米每斤两块钱三块钱的，取每斤两块五的平均值，正一品官员的年薪约为五十万块钱。而七品县令的工资标准，月薪是七石半大米，折合人民币约三千五。一个七品县令，一年挣四万多块钱。

这样的薪资水平，在现在看来确实不高。你像北上广深随便一个底层职工，年薪起码也有五万，公司高层职员年薪都几百万了。而明朝时候的官员，如果守着这种死工资过日子，除了养家糊口还要迎来送往，家里还要抬轿子的、用人、丫鬟，确实不够用。

中国历史上有一个非常著名的清官，那就是海瑞。据《明史》记载，海瑞为官期间，家里经常穷得揭不开锅，但决不收群众一针一线。有一天海瑞母亲过生日，海瑞去菜场买了一斤肉，嚯，上了当地的头条。

虽然工资有点儿低，可朱元璋不这么认为。洪武二十五年八月，他专门组织人编撰了一本治贪读本《醒贪简要录》，这也是中国历史上首部反腐教材。在《要录》里，朱元璋为广大干部职工详细解读了制定工资标准的理论依据，也计算了官员所得的俸米折合成稻谷是多少，如果种这些地，要花费多少劳力。总之照老朱的算法，一个县令挣得算不少了！

说来说去，不管朱元璋还是王莽，把官员的工资压得很低，后果很严重呐。明朝许多官员因为工资太低，只能“业外生财”，贪官就大量产生了。对于贪官，朱元璋恨得牙根痒，痛下杀手治贪，但是效果不佳。国家机器的运转就在“低薪—贪污—反贪污”中无限循环。

很感慨，前面几个故事，都把员工的工资和公司的未来绑在一起。的确，合理的薪金制度，可以让公司步入快速发展的轨道，公司也应该以保障员工的利益为基础，制定良性的奖惩措施。太小气的老板留不住好员工，没有好员工，一个企业要想做大也只能是一厢情愿。

当然了，我说的这个不包括说相声的企业，那是另一回事儿——除了早上起来打卡，其实还有许多窍门儿！

随份子

最近在台上净开玩笑了：我啊，最近很忙，忙着随份子。巴黎老娘娘庙着火，得随份子；泰国国王登基，得随份子；日本天皇继位，得随份子……大伙呢一听一乐。相声说的这些东西，叫“理不歪，笑不来”嘛，您不能拿相声当纪录片看，那就违背了快乐的原则。

说到份子钱，大家可能有点儿犯嘀咕，花钱嘛！结婚要随，生孩子要随，乔迁新居要随，就连母猪下俩崽儿也要随……没办法，人在社会走，不随份子怎么混？说到这份子，我们的老祖宗随不随份子？又是随多少钱哪？

说到随礼，慢说是普通人，孔圣人也得随呐。春秋时期，孔子在家收弟子开坛讲学，引起了国君鲁定公的重视，于是鲁定公就邀请孔子到宫中讲学。当了国君的家庭教师，很多人就想巴结孔子了。鲁国有一个大家族叫季府，季府的当家人很想跟孔子攀攀关系，就派一个叫阳虎的总管特地去看望孔子。孔子知道这些歪门邪道啊，所以借故不见他。阳虎就想了个办法，给孔子送了一只烤乳猪，没办法，最讲究礼法的孔子只能提着礼物去季府回礼。这则故事记录在《论语》中，是最早的一个关于“随礼”的故事，从侧面也证明了随礼这事儿古已有之。

不过，当时主要还是在婚礼上随礼。婚礼，俗称小登科（中状元叫大登科），是人生一大喜庆之事。老祖宗还专门整出了一套结婚程序，就是大家熟知的“六礼”，这六套繁琐礼节的最后一环叫“亲迎”——主人家要办婚宴招待亲朋，亲朋会送上一份贺礼。这份随礼，民间又称“红包”，有的直接称“份子钱”。

老祖宗虽然把婚礼看得重，提倡随礼，却并不提倡主人家大操大办，客人随很多礼。《礼记·郊特牲》记载：“昏礼不贺，人之序也。”翻译成大白话就是，结婚是一个自然传续过程，子女长大成人，父母年迈体衰，这有什么值得庆贺的呢？又怎么忍心庆贺呢？所以先秦时期，民间的婚礼大多都很俭朴，一般不会大操大办。

从相关文献来看，先秦时期民间确实也没有大操大办的记载。《礼记·曾子问》中有一段孔子与曾子的对话，孔子谈到当时的婚俗时说，嫁女儿的人家，因为爹娘思念女儿，连着三个夜晚都不熄蜡烛；娶媳妇的人家，因为新媳妇思念娘家人，连着三天都不能玩乐。结个婚，大家都“悲”着呢，还有啥心思随礼？

那么送份子钱的习惯是什么时候产生的呢？它有一个历史演变。

春秋战国那时候的事儿，经历过秦朝焚书，很多具体事例已经不可考，官方历史又没有具体的份子钱记录，我们只能将目光瞄准到秦以后的时代。

刘邦这个人，大家都知道，汉高祖，汉朝的建立者，十分不得了，从一个亭长，相当于现在村里的治保主任，做到一个泱泱大国的皇帝，他的经历可谓是跌宕起伏、精彩纷呈。但咱今儿单聊关于他随份子钱的事儿。

刘邦虽然只比秦始皇小三岁，但人家秦始皇忙着统一六国的时候，咱们这位治保主任刘邦没干正事儿，天天跟一个寡妇厮混，十里八村儿的，名声很不好。

有一次，县长请贵宾吕太公吃饭，来巴结的人很多，份子钱出得越多，座位排得越靠前。众人正交钱呢，然后按次序入席，这时候咱们刘主任突然大喝一声："我出一万钱！"众人都惊了，吕太公也乐坏了，喘气儿都粗了。

《史记·萧相国世家》里记载了这么件事儿：刘主任要上咸阳去公干，大伙儿来随礼。普通同事都随三百钱，萧何当时是刘邦的领导啊，随多少钱呢？五百。就这事儿，司马迁还专门记录下来，用以佐证刘邦和萧何早年的革命友谊。所以难怪，刘主任喊出一万钱，就把吕太公唬住了，给他安排了个好位置。好家伙，连吃带喝，吃饱了之后，刘邦拔腿就要走，吕太公一看，拦住了："你不是要随份子吗？"刘邦当即板着脸说："吃也吃了，喝也喝了，我就跟你说吧，没钱！想怎么办吧！"得，您说天底下哪有这样的人？开国皇帝好意思说出这种没脸没皮的话？咱们的刘主任还就真说了。

大伙儿都愣了，吕太公也愣了，估计他这么些年也没见过如此厚颜无耻之人。愣了半天，吕太公开口了："壮士有老婆吗？愿意做我女婿吗？"宾客听了都惊了，这反转来得也太快了！就这样，我们的刘主任娶上了大家闺秀吕雉，就是后来的吕后。从这个角度看，这吕太公也是有眼力的，可能他也觉得，大庭广众的，这么瞪眼说瞎话，玩命吃饭扭头就不算数的，也是了不起的人。

这则故事在《史记·高祖本纪》中有记载，记录这段趣闻的人是司马迁，他也是够勇的，连汉高祖的糗事都敢写进去。扯远了，这个故事主要是说，在秦朝末年已经有了份子钱的概念。

那么后来的年代呢？以盛唐为例，再讲一个份子钱的事。

上官婉儿这个人，大家也不陌生。她的爷爷上官仪因得罪了武则天而被杀，她跟随母亲一起进皇宫当奴婢。十四岁的时候，因聪慧善文，为武则天重用，掌管宫中的文书起草，有“巾帼宰相”之名。唐中宗时封为昭容娘娘，在政坛、文坛都有显要地位，以皇妃身份掌管内廷与外朝的政令文告。

司马光编纂的《资治通鉴》记载，公元710年，后来的唐明皇李隆基联合太平公主的势力发动政变，诛杀了韦后、安乐公主等人，上官婉儿也在这次政变中被乱军所杀，终年四十六岁。

这么个奇女子，又怎么和份子钱扯到一块儿呢？2013年9月，考古学家在咸阳发现了一座唐朝古墓，根据墓志铭，判断为上官婉儿墓。但仔细研读一番墓志铭后，专家们无不大跌眼镜，墓志铭的内容颠覆了史书记载——司马光老爷子颠倒黑白啊！

据墓志记载，上官婉儿死后，李隆基他爹唐睿宗下诏安葬。墓志明确记载：太平公主非常哀伤，派人去吊唁，并出五百匹绢。李隆基杀了人，老爹下令厚葬？太平公主杀了人，还假惺惺地去随礼？政治太复杂，司马光他老人家那么写，肯定也有他的原因。我们关注的是那五百匹绢，相当于今天的份子钱。这在唐代可是一大笔钱！相当于今天五十万元人民币的购买力。五十万呐，列位！别说唐代，就算放在今天也是十分可观的，一辆好点儿的车也才三十来万！

一个女政治家死了，单单太平公主就随了五十万丧葬费，还有那些没记载姓名的人呢，他们又随了多少？可见到了唐代，贵族间随的份子钱已经海了去了。

唐代的份子钱比较大，那么之后的朝代呢？

咱们一般人随份子是这样：看关系的远近，决定随多随少。比如说我跟他沾着亲戚，私交又好，那人家里娶媳妇啊老人去世啊，我就得多花一点儿；如果玩儿归玩儿，但关系没那么近，那就适当花点儿，差不多就得了。当然了，前提是无论如何也讲究个自愿，如果单位从你的工资里强行扣份子钱，那就过分了。有没有这么干的呢？有，元朝！

元代的官场，随礼之风大行。元代官员胡祗遹在《杂著》中记述，在官场上，有时干脆直接从每个人的工资中扣除份子钱，有的份子钱竟让月工资十除八九。

得！元代朝廷有些缺德了，怕你不随礼，直接给你从工资里扣了。这股歪风邪气直接影响官吏的廉洁，官员也得活啊，为了弥补亏空都去贪污受贿，社会一乱，百姓就要造反。朝廷赶紧规定，以后随礼别从工资里头扣了，违者法办！还形成了法律条文。

前面讲的随礼，有的是群众的自发行为，有的是朝廷的强制措施，总之，份子钱依然没个正式名目。我们今天“份子钱”的具体称法，是从朱元璋开始的。

朱元璋从小生活在农村，当过放牛娃、和尚、乞丐，体验过下层百姓的生活。没当皇帝之前他叫朱重八，意思是家里排行老八，前面还有七个哥哥姐姐，大多病死饿死了。所以朱元璋心里肯定想过：如果我家人生病时，乡亲们每家能赞助一些钱财，我是不是就有钱请医生看病，家人是不是就不会病死了？朱元璋的心里埋下了原始的互帮互助的精神种子，一直到这个放牛娃当了皇帝，这颗种子才开始发芽，然后茁壮成长。

中国文化里有“民相亲睦，贫穷患难，亲戚相救；婚姻死丧，邻保相助”的传统，朱元璋吸取其中的有益营养，建立了“乡饮酒礼”制度。每年春秋两季，各地乡村以每百户人家为单位，大伙儿聚在一起，喝酒吃饭，乡里德高望重的老人得率乡众宣读誓词：“我们这些乡里乡亲的，一定要遵守皇帝的法令……婚丧嫁娶如果缺钱，大家一定要鼎力帮助……办酒席菜肴，由一百户人家共同张罗，每家每户都要出钱……”

以上内容记录在《明史·太祖本纪》。通过这样的集会宣誓，朱元璋培养了民众的集体意识和互助精神。由此可见，“份子钱”的起源和农耕文化密切相关。

农耕时代，原本凭一人之力或一家之力难以办到的红白喜事，如果集合了亲朋好友的“众筹”，每人出一点儿份子钱，办起来就简单多了。这个月出份子帮了别人，下个月自家有事，别人也愿意为你筹资。

这么看，份子钱的初衷是好的，但后来怎么就变了味儿？

有篇文章叫《范进中举》，大家中学时候都读过，说穷书生范进一直参加科举，次次名落孙山，一直到五十多岁还是个童生，穷苦不堪，十二月的天气还穿着单衣服，冻得直哆嗦。不仅乡里乡亲看不起他，就连岳父也讨厌他。

后来，几十年应试不中的范进由于主试官周进的抬举，终于考上了举人。邻居送鸡送米，范进的岳丈胡屠户由不屑一顾立马改阿谀奉承了，提着七八斤肉、四五千钱来道喜，同县的名流也纷纷巴结，送来雪花白银祝贺。

所以说，到明清之际，份子钱文化已经从曾经的“乡饮酒礼”扩散到了全国。吴敬梓的小说《儒林外史》，通篇尽是“凑份子”“派份子”“出份子”这些字眼儿，范进中举只是其中的一件而已。

1949年以后，社会提倡简约，很长一段时间都不流行送份子钱。那个年代结婚也特别简单，亲朋好友送点儿暖壶、脸盆、被子等新人用得上的生活用品，条件稍微好一点儿的送辆凤凰牌的自行车，就已经了不得了。

改革开放以后，人们手上有闲钱了，随着商品经济观念深入人心，直接送钱也为社会所接受，送份子钱成为祝福新人的方式。

当然，随份子也有一些学问，弄不清楚丢人。您记住咯：礼金必须是双数，兆示成双的吉庆。礼金最好装在红包里面，封好，红包一定要写上祝福的话和你的名字，要不然别人以后怎么回礼啊？再就是，礼金金额一般要大于收礼者招待你的花销。总体来说，给份子钱不是拼面子，量力而行，真心诚意的祝福到了即可。

前不久看到的一则新闻，说山西一家酒店出台一项新规：员工办喜事不得宴请本单位同事，否则罚款两千。办喜事该不该请同事？我个人觉得呢，这家酒店的做法确实为请客送礼开了一剂良方，大伙儿都是工薪阶层，收入本来就不高，宴席不论对请客方还是对被请方都是一项负担。但也不能简单粗暴地“堵”，还是应该让大家明白，不管份子钱也好礼物也罢，都不过是寄托祝福、表达情感的一种载体。真正的友谊不会因为份子钱而缩水，中华民族重情谊的传统美德也不会变味，亲朋相交，不能忘记了初心。

年会

过年，对我们中国人来说，最大的意义是团圆。尤其现而今，都四海八荒地住着，碰个面跟神仙开会似的，格外不容易。

过年要吃团圆饭，一家人要聚在一块儿。也不单是家庭有聚会，各公司、企业或者机构部门，也都要聚会。大的不搞，小的也得意思意思，从古至今都是如此。

您比如封建社会，皇上家过年也得有公有私。私人的是人家家里过年，后宫那些个娘娘，跟皇上有些个互动。公家的呢，就是皇上还要跟大臣也聚会聚会。除了皇家，什么庵、观、寺、院，也都要有所表示。另外，有一些大家族也跟别人家不一样，不是几口人坐一块儿吃顿饭那么简单。

在这儿，先要跟大家普及一个知识点。古代过年的日子跟咱们现在不太一样，说法也跟现在不太一样。清朝以前，至少在官方，没有咱们现在这种“过年”“过春节”的说法。

严格地讲，咱们现在管年三十晚上叫“除夕”，管正月初一叫“新年”，三十到初一这个过程，叫“过年”。其实古代管初一不叫春节，而是叫“元旦”。那么春节是哪一天呢？是立春那天，立春才叫春节。

而且过去的元旦也不一定是正月初一。夏朝的时候是正月初一，商朝是十二月初一，周朝是十一月初一，秦朝以后是十月初一，一直到了汉武帝的时候，这才又改回了正月初一，一直到现在。

古代朝廷到快过年的时候搞聚会，也不是等到元旦那天才搞，而是在冬至那天就要先搞一个大的聚会，因为冬至在古人心中是一个很重要的节气。按照《后汉书》的说法，“冬至阳气起，君道长，故贺”。什么意思呢？就是从冬至起，阴气开始回落，阳气开始回返，一个新的循环又开始了，所以必须庆贺。历史上汉武帝在泰山举行封禅大典，就是选的冬至这天。

冬至这天的朝廷大会，各个朝代形式上有所不同。就拿离着咱们最近的清朝说，清朝有一句话叫“冬至大如年”。您听这话说的，过冬至跟过年一样重要呢。清朝的时候，每到冬至，文武群臣要跟着皇上一起到天坛祭天。这还有个名词，叫“冬至郊天”。

为什么要祭天呢？这是《周礼》给定的规矩。您要知道，咱们中国人绝大部分的传统礼法都是《周礼》给定的。《周礼》上说：“以冬日至，致天神人鬼。”古人迷信，认为这一天适合祈求上天和祖宗保佑，所以才定的这个规矩，现在咱们春节祭祖也是受这个影响。

皇上那天带头祭天，仪式自然是非常隆重。各种奏乐，各种上供，磕头行礼，自然少不了。我当初说过一段相声叫《吃祭肉》，也叫《豆腐侍郎》，故事背景就是冬至郊天。说的是清朝的时候，满朝文武在这一天都要吃一块肉。这块肉是祭祀用的，所以没有咸淡味儿。没味儿都吃不进去呐，文武大臣就玩儿赖，在包着肉的那张纸上抹上咸淡味儿，那纸提前拿酱油调料喂过，吃一口肉，舔两口纸。这事儿听上去挺滑稽，但据说是真的，回头您有兴趣可以研究研究。

除了吃祭肉之外，相声里提到冬至郊天还有一个仪式，就是皇上要当着满朝文武换貂褂。貂褂，您都知道，就是貂皮大衣。皇上穿了貂褂之后，大臣们才能穿。这个礼节有没有呢？还真有。首先说，它不是冬至那天的事，是十一月初一的事。而且也不是皇上带头，是大臣在十一月初一那天换貂褂，皇上肯定是在那之前换的，具体是哪天，也没固定要求——就算有固定的，备不住哪年就比往年冷得早，也不能死守规矩把皇上冻死吧？

总而言之呢，冬至这一天的年会大多是仪式性的，说白了，就是净花冤枉钱。可也不是所有事情都是形式主义。六部九卿当中，五个部门都务虚，单独有一个部门要在年会那天干实事儿，就是刑部。刑部为什么要干实事儿呢？因为刑部管杀人呐。清朝一般集中处理死刑都是在秋天，冬天没有特殊情况就不杀人了，所以冬至这天，要把死刑的案子都核查一遍。

因为事关生死，所以这件事要由皇上亲自主持，又赶上冬至这个特殊日子，所以这件事也是要有仪式感的。平时皇上办公在自己那屋就行，但这个，必须要在金銮殿上办。而且不管是皇上还是办事的大臣，都要穿素净的衣服，表示对生命的尊重。

说的这是冬至的事情。到了元旦那天，也就是咱们今天意义上的春节，那天皇上就不用出门了，待在紫禁城里面就行。不过也不轻松。除夕那天晚上，夜半子时，皇上就得起来，先吃一个苹果，寓意“平平安安”，接着就要摆驾养心殿的东暖阁，举行开笔仪式。

什么叫开笔仪式？一般我们说，开笔仪式有两种。一种是过去孩子刚入学，要举行开笔仪式。无非就是给圣人牌位磕头，接着给先生磕头，然后老师把着孩子的手，描个字。这当中据说还要敲鼓，说是为了敲开孩子的心智——打今儿起你就不是糊涂人了。这是学生的开笔仪式。

第二种就是每年过年，皇上都要参加的开笔仪式。仪式的过程很简单。皇上先点上一根蜡烛，蜡烛的烛台上刻着“玉烛长调”四个字，然后把屠苏酒倒进一个酒杯里。

什么是屠苏酒啊？就是一种药酒，里面有大黄、白术、附子、防风等药材。过去一到过年，讲究点儿的主，家里都要喝屠苏酒。而且喝的时候有规矩，从辈分小的开始喝，一直喝到辈分最大、年龄最大的那个。苏辙有句诗还说这个呢，叫“年年最后饮屠苏”，后面还有一句“不觉年来七十余”，意思就是感慨他岁数大了。

开笔礼装屠苏酒的这个杯子，也有讲究。尤其是乾隆爷，为这个仪式还专门找人定做了一个杯，纯金的，上面嵌着珠宝玉石，杯子上还錾着字，写着“金瓯永固”。寓意也很明确，就是祈祷江山永固，千秋万代。

倒完酒，皇上会拿出一张纸来，在上面写上几句吉祥话，什么“风调雨顺，国泰民安”啊，什么“一元复始，三阳开泰”啊，“开市大吉，万事亨通”“德云社越来越好，郭德纲永远年轻”——后边这两句是我写的。

写完祝福语，开笔礼算是结束了。接着，皇上就要驾坐金銮殿，接受百官朝贺。这个朝贺比平时都麻烦，为什么呢？因为他得去两个地方。按照流程，皇上先去中和殿。您都知道故宫三大殿嘛：太和殿、中和殿、保和殿。先去中和殿，接受百官跪拜，然后在仪仗的簇拥下，皇上率领文武百官再去太和殿。

到了太和殿，这一天，百官都有座位。宋朝以前，大臣上朝都有座儿，后来宋太祖赵匡胤把这项福利给他们撤了，就都站着了。明清两朝更惨，有时候大臣得跪着上朝，但是元旦，大伙儿可以轻松一回。可是太和殿里面也摆不下那么些个座儿啊，无非就是王爷们和那些个重要的大臣坐在大殿里面，剩下的就都在外边冻着。

当然了，也不是干在那儿冻着，皇上得管一杯茶喝。可您想啊，就着风喝热茶，对胃口好不好咱就不细研究了，要是赶上那天下雪，您就当喝冰镇的了。喝着茶，听着皇上讲两句，接着皇上一回宫，百官等皇上走干净了，按次序退出去，这活儿也就结束了。

年底除了宫里头要办年会，庙里头也得办。庙会您都知道，平时的庙会其实就是个大型露天商场，也是个小型的狂欢节。正经过年的时候，人家庙里讲究安静，不能太热闹，不过各种仪式性的东西也是少不了的。

跟皇上的朝会一样，庙里头也不是非等到初一那天才有行动。尤其是佛教的寺庙，它到了年底，有一个最主要的日子要过，就是腊月初八，也就是咱们说的腊八节，北方简称叫“腊八”。

这个“腊八”最早来源于古代的“腊日”，就是腊月的节日。腊日不在初八这天，一般是初一。后来腊日到了宋朝基本就没人过了，因为宋朝的时候腊月里多了个节日，这个节日现在也还有，就是“祭灶”。不同的是，宋朝的祭灶在腊月二十四。现在在南方，祭灶也是在腊月二十四，但是北方都改腊月二十三了。

后来恰恰是因为佛教的原因，腊八才又恢复过来。为什么呢？因为据传说，佛祖乔达摩·悉达多，也就是我们常说的释迦牟尼佛，就是在腊月初八这天得道的。当年，佛祖为了众生，苦修多年，最终在一棵菩提树下得道，那天正好是腊月初八。

据说佛祖当时饿得都不行了，骨瘦如柴，这时候有个牧羊女给了他一碗粥，还有的说是给了一碗酸奶，也有的说就是液体奶酪，也许里面还有碎肉——这点要跟您说一声，有学者认为，佛祖是吃肉的。反正不管怎么说吧，佛祖就是喝了这碗粥才大彻大悟。后来经过汉传佛教的改良，因为汉传佛教主张不吃肉，所以就有了喝腊八粥的习惯。

到了腊八这天，僧人要跟人民群众互动一下，弘扬佛法，广结善缘呐，有的庙就会施舍腊八粥。您看，平时都是善男信女上庙里面布施，这时候庙里反而对外施舍。封建社会，穷苦人多，按过去的说法，有这个“鳏寡孤独”，按现在的说法，有流浪乞讨人员，这都是庙里施舍的对象。

当然除了这些以外，诵经礼佛，虔诚祈祷，也是少不了的。尤其是除夕这天晚上，庙里要敲钟，迎接新年。到了初一这天，四面八方的信徒都会聚到庙门前，抢烧新年的头一炷香。尤其是在我国宝岛台湾，每年因为抢这头一炷香，竟有挂了彩的，踩踏事件也时有发生。可即便如此，大伙儿还是乐此不疲。

除了朝廷、寺院，还有一些大的家族也会组织具有特色的年会。从古至今，大家族有很多，咱们就挑一个最有代表性的来说——孔家。

是中国人就知道这一家。孔子对于中国人来说太重要了，谁不知道孔圣人啊？咱们现在生活中的很多指导性思想，都是圣人给打的底子。数千年来，祭孔那都是国家层面的礼仪活动。不过祭孔都是在孔子的诞辰日举行，说到年会，那是人家孔家内部的事情。

孔家的年会那可费了事了。首先说，人家年会的会期能长达四十五天，从腊月初一就开始了，一直到正月十五。一进腊月，孔府里面到了晚上都要钟鼓齐鸣。而且从这天开始，孔府里的人就要制作过年用的烟花爆竹，从初一做到腊月二十三。

到了正月初一的子时，孔府还要专门做一道美食，叫“元宝汤”。有的地儿管下饺子也叫“元宝汤”，人家孔家可不是，那都是拿真正的元宝下在汤里。当然了，就是元宝的材质特殊一些，是拿江米做的——不能真的煮金子！好不好消化先搁一边，看过《红楼梦》的您都知道，尤二姐就是吞金自杀的。

喝完汤，衍圣公还要去事先搭好的“天地棚”里面祭拜天地。祭完天地，整个孔府要在家主——孔家的家主就是朝廷封的“衍圣公”，正经领工资，有品级的——的带领下祭拜祖先。先是祭拜上五代衍圣公的画像，然后到庙里祭拜历代祖先的牌位，除此之外，还要拜一拜佛堂，里面供奉的是关公和菩萨。最后到了早晨七点，大队人马这才赶到文庙去祭拜孔圣人。

就这一趟下来，足以证明历代衍圣公的身体都非常好。这绝对是个力气活儿。

过年是中国人的狂欢节，人们都是借着这个机会得到释放。尤其中国人的家族观念很重，到了这个日子，上到国家下到家庭都会抱在一起取暖，这就是年会存在的意义。

春运

要说“春运”，全世界只发生在咱们中国，它是春节前后的一个运输狂潮，旅客都集中在这段时间疯狂流动。春运难，难于上青天啊。话说，您知道古人的春运是怎么样的吗？老祖宗又是怎么回家过年的？

时间回到唐朝。玄宗年间，有个叫王湾的大诗人，他家在河南洛阳，但是常年在江浙一带工作生活。有一次快过年的时候，他赶时间回家，乘船到了今天江苏镇江的北固山脚下。孤帆远行，又听到独雁哀鸣，再嗅嗅越来越浓的年味，王湾一下子动了感情，写下了《次北固山下》这首不朽诗文，其中“海日生残夜，江春入旧年”这两句，翻译成现在的话就一个意思：我想回家。据说，这两句诗还得到当时的宰相张说（yuè）的高度赞赏，亲自书写了，悬挂于宰相政事堂上。

话说回来，王先生为什么一定要回家过年，怎么就不能在工作地过年呢？大伙儿肯定说，这还用问吗，一年到头没见了，就趁着过年跟家人聚聚啊，大伙儿在一起打打麻将，喝喝酒，吃点儿美食，小孩还有压岁钱拿，多乐呵！得，您这都是现代人的理解，照老一辈的说法，过年回家啊，并不是为了欢乐，而是和一个怪兽有关。

据说，一个叫“年”的怪兽，长着犄角，力大无比，在每年的最后一天都会跑出来作妖。当时生产力低下，人们势单力薄，无法对抗这头凶猛的怪兽。但是人多力量大啊，于是全家人守在一起，都不能睡觉，等“年”到了以后就一起把它赶走。换位思考一下，如果因为你没有回家，而导致全家被“年”祸害了，那这口锅谁来背？所以不论怎么困难，有什么样的理由，在外的家庭成员都要赶回来助一臂之力。

“春运”这个词，最早出现在1980年的《人民日报》上，但追溯起来得有几千年的历史了。据中国最早的词典《尔雅》记载，周代才有了过年的说法，古代的春运应该就出现在那个时候。

在封建时代，由于孔圣人倡导“父母在，不远游”，所以人口流动不大，距离也不会很远。古代春运的主体并不是外出务工人员，而是公务员、商人和文人，也就是我们现在说的各种“漂”啦。这些人一到年终，就归心似箭，但旅途中的困难可真不少，春运囧途到处都是。跟他们比比，也许您就不会觉得回家太辛苦了。

明朝万历年间的内阁首辅，除了大名鼎鼎的张居正以外，还有个叫王锡爵的大臣。王首辅任内，发生了丰臣秀吉侵略朝鲜的战争。除了这个，他每天忙活的基本就是跟万历皇帝为了立不立太子，以及啥时候立太子的事儿抬杠。

聊了王大人的主业，我们再聊聊他和春运的故事。如果用一个字来形容，我会用“堵”。为什么要用这个字呢？在古代，由于交通工具缺乏科技含量，人们的大部分时间都耗在路上，加上人流拥挤，堵“车”时有发生。

关于王锡爵有这么一则故事。有一年快到年关，王大人从北京雇船回老家松江，就是今天的上海过年。他沿着京杭大运河南下，经过漫长的旅程，终于到了上海。等船靠岸的时候，发现码头上密密麻麻的全是乌篷船，黑压压的一片。等啊等啊，最后花了两个时辰，也就是现在的四个小时，才停好了船。脸都等绿了。

过年期间高速路堵车，有些车主直接在路边架锅子煮面吃，不知道咱们的王大人在堵船期间，会不会也弄点儿吃的填肚子呢？看来这春运堵车，不是现代人的“专利”，从古至今一直存在啊。

春节回家，除了堵车，大家在火车站一定能见到拎着大包小包的外出务工人员，蛇皮口袋里装着各种年货：北京的驴打滚、天津的大麻花、湖北的腊肉腊肠、广东的马蹄糕……带回去给家人尝尝鲜，再就是牙膏、牙刷、毛巾等生活用品，太多了。其实古人回家，也不例外，包里也会塞很多东西。

明朝有个大臣叫杨廷和，四川成都人，很有名，他的儿子杨慎更有名，后来中了状元，写下了著名的“滚滚长江东逝水，浪花淘尽英雄”。

杨廷和年轻的时候，在北京国子监求学。有一年春节回家过年，先是甩开脚丫子步行到今天的北京通州大运河，再转船，乘马车，兜兜转转大半个月，才平安到了成都老家。好在朝廷体恤学生，发了过节费，还有其他生活物资，他背着个大包裹，我猜里面肯定装了北京的土特产，给四川的家人尝尝鲜。

国子监是古代的最高学府，相当于我们现在的北大清华。他们那个时候可没有寒暑假、双休日，但是春节放假，学生回家，国子监还是要提供差旅费的。让今天大学生羡慕的是，国子监学生可以请“长假”，长假可以长到一年，如果超过一年，又不回国子监销假，就要除名。杨廷和回四川过春节，应该是请了长假。

从北京到成都，一千八百多公里，今天自驾的话大约两天，乘高铁只要七个多小时，最快是坐飞机，仨小时。但是五百多年前的明朝，背着口袋回家的小杨，足足用了大半个月的工夫。

古代由于路途遥远，受交通条件所限，“回家难”现象相当普遍，许多人无法回家过年。

隋代诗人薛道衡写过一首诗《人日思归》：“入春才七日，离家已二年。人归落雁后，思发在花前。”薛道衡是山西人，他从北方来南方，没能及时赶回去与家人团聚，看着南方欢快的过年气氛，诗中流露出无限的惆怅和思乡之情。

我在一本地方志上看到一个故事，有一年，安徽阜阳太守欧阳修要回江西永丰老家过年。从阜阳到永丰，现在开车也就九个小时，但当年欧阳修在路上，坐船、乘车，来回花了两个多月时间，他感叹说：“水往陆还，奔驰劳苦。”这都从侧面说明了古代春运路不好走的现象。

要我说，古代“春运难”的背后其实是“行路难”。对此，历朝历代都不忘解决这个大难题。考古学家在安阳殷墟发现了商朝的大量车马坑。到了秦始皇统一六国后，修建了四通八达的全国公路网，给春运提供了便捷。据《汉书》记载，驰道是秦国的国道，宽六十九米，路旁边还栽植松树，注意绿化降噪，这在当时算是世界第一，它的功能并不输现代高速公路。

除了驰道，秦朝还有直道、轨路等。这里说的轨路，便是当时的“高铁”。当然，那时的轨道不是现在的铁轨，而是用硬木做的，下面垫了枕木，除了工程材料不同外，与现代铁路基本没有什么区别，马车走在上面速度非常快。

即便古人在交通上下了大功夫，能极大地方便人们出行，但古代毕竟跟现代没法儿比，就算让杨廷和先生坐马车走硬木轨道，也不可能几天就到老家。

说完行路难，再来聊聊古代春运的票价。咱们现在买张机票回老家，几千块钱，顶半个月工资，如果遇到黄牛，价格还要涨。古代没火车、轮船和飞机，不存在一票难求，黄牛党没用武之地，但是古人回家开销还是特别大，可能工作半年，挣的钱不够付车费的。

据《唐六典》记载，唐朝雇个驴车装满一车行李，走一百里地的路费是九百文钱，如果走山路，车费还要涨。李白的故乡是四川江油，如果从首都长安回老家江油过年，全程足有一千六百里路，中途还得跨越秦岭，再加上吃饭住宿，路费肯定超过一万五千文。李白担任过的最高官职是翰林学士，年薪不过两万四千文，回趟家要花掉大半年的收入。按购买力来估算，一万五千文相当于现在人民币六万多块，而今天西安到江油的火车票才二百五十元人民币，古今路费相差二百四十倍。回家难不难？哪有李白的蜀道难呢？

说完古代，再聊聊民国。这时候交通比起古代虽然有了极大的进步，铁路、公路都有了，但同样也面临春运行路难的问题。

在民国，临近年关，火车上人山人海，李同愈在小说《平浦列车》里就疯狂吐槽："从来没见过这样挤法，连针都插不进一根。第一批挤上去的是精壮的年轻汉子，他们的身体像一堆货物，塞在车厢的走道间，彼此直着脖子站着。第二批挤上去的就只好站在靠门口的地方，把车门都撑住了，没有法子关闭。其余的呢，就只好挤在车厢外的站台上了。"

同时期的作家程瞻庐的描述就更恐怖了："拥挤！拥挤！三等车变做五层楼了！最高一层的搭客，士兵居多，踞坐车顶；其次，高卧两旁搁板上，放行李杂物的搁板；其次，坐椅靠上，三等车间之靠背；其次，坐椅上；最下一层，坐地板上……因为拥挤的缘故，我左脚上的袜带脱了，使一个金鸡独立势，提起左脚，把袜带搭好了，然后踏下，却已失去了原有的立足地，原来我左脚的地盘已被他人占去了。踏在那儿，是人家的脚背；踏在这儿，又是人家的脚背。我懊悔爷娘给我多生了一只脚，以致没有摆处……"

这些描述，让我想起了印度人民挤火车的壮观场面。聊点儿题外话，在印度各城市之间移动是件艰苦的事。印度的火车极不靠谱，晚点事小，动不动就取消，最麻烦的还是人们"扒火车"，连车顶都坐满了人。

印度的火车车顶为什么能够"悬挂"那么多人？为什么中国的火车就没有这种情况呢？首先，印度火车没有那么快，假如有中国火车这样的车速，哪个印度人还敢坐高速火车呢？早刮飞了！再一个呢，印度人民享有完全的火车乘坐自由权，也就是说当印度人乘火车的时候，在车内或者车外，是不受法律约束的。

除了拥挤，民国春运还要担心军阀混战。1929年冬，离春节还有一个多月，作家冰心准备提前回家，看望病重的母亲。

北京到上海，坐火车挺快，但当时军阀正在打仗，铁路被军队占用。于是，冰心买了一张船票，先坐火车去天津，然后在那边乘船。船上的乘客很多，每一个船舱都挤满了人，冰心乘坐的那个小舱不过五六平米大小，上下两层四个铺位，除了冰心，每个铺位上的乘客都带着孩子，吵骂声、喧闹声，再加上扑面而来的油味儿、垢味儿和烟味儿，闹得冰心没法儿休息。

三天后，轮船终于停靠在上海浦东。如果算上冰心在北京和天津等车船的时间，从北京回一趟上海要花四五天时间！可以想见，在民国春运的时候回家有多难。

我也是好久没坐过老的火车了。我十六七岁的时候，有一次出门去演出，跟一个小伙伴坐火车从北京奔四川绵阳。当时那个场面，记忆犹新呐，北京站乌泱乌泱的到处是人，我们俩小孩儿都没多大——我十六七，他比我大点儿，十七八——带着东西往车上挤。车上人特别多，喘气儿都费劲，我俩还算有个硬座，对脸坐着。火车开了不知道是两天还是三天，到那儿以后，都坐在旅社里了，好像耳朵边上还响着咣当当、咣当当的声音，身子还跟着晃悠。演完了，从四川回北京，车上好像人更多了，厕所都去不了。我印象很深，后来无论如何得去趟厕所，不去不行，要憋死了，到厕所一推门，里面都待着好几个人！

总而言之，从古到今，回家的路都是艰难不易，没钱没时间的呢，过年就只能赋诗一首了。但不管千难万难，回家过年，应该是每个中国人心中最朴素最美好的心愿。

老话说得好："父母在，人生尚有来处；父母去，人生只剩归途。"不管多忙，您一定回家看看。

(全书终)

郭德纲

天津人，相声演员，德云社班主。

1979年投身艺坛，先拜高庆海习评书，后随常宝丰学相声，又师从相声大师侯耀文。辗转梨园多年，涉猎京剧、评剧、河北梆子等剧种。

1996年与张文顺等创立北京相声大会，2003年更名为德云社。

郭德纲文史专场

《文史专家》
《你要高雅》
《我是文学家》

你要高雅

产品经理：王　胥　　特约校对：施　萍
营销经理：班　欢　　特约印制：梁拥军
产品监制：贺彦军　　策 划 人：吴　畏

图书在版编目（CIP）数据

你要高雅 / 郭德纲著. -- 杭州 ：浙江文艺出版社，2020.6

ISBN 978-7-5339-6129-9

Ⅰ. ①你… Ⅱ. ①郭… Ⅲ. ①随笔－作品集－中国－当代 Ⅳ. ①I267.1

中国版本图书馆CIP数据核字(2020)第094036号

你要高雅
郭德纲　著

责任编辑　陈　园

出版发行　浙江文艺出版社
地　　址　杭州市体育场路347号　　邮编 310006
网　　址　www.zjwycbs.cn
经　　销　浙江省新华书店集团有限公司
　　　　　果麦文化传媒股份有限公司
印　　刷　河北鹏润印刷有限公司
开　　本　880毫米×1230毫米　1/32
字　　数　92千字
印　　张　5.5
印　　数　1—40,000
版　　次　2020年6月第1版
印　　次　2020年6月第1次印刷
书　　号　ISBN 978-7-5339-6129-9
定　　价　39.80元